우리는
우리가 읽는 만큼
기억될 것이다

나일선 소설집

영향력 실은 작가선 01
밤의출항

우리는
우리가 읽는 만큼
기억될 것이다

나일선 소설집

영향력 실은 작가선
밤의출항

우리는 우리가 읽는 만큼 기억될 것이다

Test Pattern	8
핑크맨은 핑크맨이(아닐 수도 있)다	30
우리는 극장과도 같다	50
코코넛 비누	70
그러거나 말거나	86
열두 번째 방	100
어둠보다 큰,	122
탈초점	144
아프리카는 미래의 일	158
[영향력 실은 작가선]을 시작하며	162

원래 우리가 만나기로 한 곳에서 기다리셨나요? 나는 그렇다고 했다. 저는 어디서도 기다릴 수 있어요. 그 말에 료는 웃었다. 생각나요 그때도 그렇게 말했던 거. 기다릴 수만 있다면 어디서든 만날 수 있어요. 공릉동의 또 다른 카페와 남창동의 카페와 관철동의 카페와 음식점과 바와 여러 기억나지 않는 장소를 거치며 그런 이야기를 나눴다. 미리 약속하진 않았지만 장소가 어디든 우리는 만날 수 있었다. 내가 기다렸기 때문이다. 료는 이것을 주파수로 설명했다. 어디서든 주파수만 맞으면 방송을 들을 수 있는 것처럼. 라디오 같네. 그리고 료는 라디오에 대해 이야기했다.

Test Pattern

원래 우리가 곳에서 기다리셨나요? 나는 그렇다고 했다. 저는 어
디서 말에 그렇게
던

Test Pattern

　　나는 료를 부른다. 료를 료, 하고 부르면 마치 다른 세계에 들어가는 것만 같은 느낌이 들었다. 아니 그것은 정말 다른 세계였다. 료가 있는 세계. 료를 료라고 부를 수 있는 세계. 그 세계가 가끔 믿을 수 없게 느껴져서 더욱 소리 내어 료를 불렀다. 반복해서 부르다 보면 머릿속에 길 같은 것이 생겨서 한참 동안 걷게 되고 그 끝에 다다르면 료를 만날 수 있을지 모르겠다는 생각까지 들었다. 그곳에서 나는 만날 수 없는 료를 기다렸다. 그러니까 료, 목소리를 들은 것은 올해 봄의 일이었다. 3월이었고 나는 제기동에 있는 상희의 작업실에서 같이 유튜브로 독일 출신의 미디어 아티스트 카르스텐 니콜라이Carsten Nicolai의 작업을 보거나 류이치 사카모토Ryuichi Sakamoto의 최근 앨범 《〈Async〉》를 들으며 글리치 아트에 대해 얘기했다. 료지 이케다Ryoji Ikeda와 일본의 사운드 아트 그룹 $W=\beta T4$어떻게 읽는 건지… 의 음악도 들었는데 CD를 가지고 있는지 묻자 상희는 자기도 없다며 W= βT4의 창립멤버 후지이 사토시의 인터뷰를 보여주었다. 그는 10년 가까이 음악을 했지만 단 한 장의 CD도 발매하지 않고 오로지 공연과 전시, 유튜브 영상으로만 작업을 공개했으며 어떤 식으로든 사운드가 형태를 갖게 되는 순간 망가질 수밖에 없다고 믿는다고 했다. 우리의 음악을 소유할 수 없게 만들겠다. 우리가 만드는 사운드는 CD나 LP 같은 형태에 담을 수 없다. 물질화될 수 없다, 라고 했지만 애플뮤직이나 스포티파이에 들어가면 음원을 내려받을 수 있다고 상희는 말했다. 음원을 받는 건 소유가 아닌가, CD를 고집하는 것은 근본주의적인 태도인가, 형태가 있는 것만이 소유 가능한가, 카르스텐 니콜라이의 전시는 전시인가 아니면 공연인가, 료지 이케다의 음악은 음악인가 노이즈인가, 잘은 모르겠지만 나는 카르스텐 니콜라이의 음악이 마음에 들었고 전시를 직접 보고 싶다고 했다. 2010년쯤에 역삼동 엘아이지아트홀에서도 공연한 적이 있다고 했는데 상희도 보진 못했지만 광주에 갔다가 료지 이케다의 테스트 패턴 no.8이라는 작품을 본 적이 있다며 그에게 직접 받은 사인을 내게 보여주기도 했다. 노트에 받은 사인은 사인이라기보다는 낙서같이 보였는데 딱히 그것에 대해 말하진 않았고 상희는 요즘 하는 영화음악 작업에 대해 얘기하다 갈수록 어떤 종류의 음악을 듣는 것이 힘겹다고 털어놓았는데 어떤 종류의 음악이란 게 정확히 어떤 것이냐고 묻자 그녀는 잘 설명하기 어렵다고 했다. 그것은 가사나 멜로디의 문제라기보다는 태도의 문제였고 얘기를 듣다 보니 알 것 같기도 하고 모를 것 같기도 했는데 확실히 알 수 있었던 것은 상희가 지쳐있다는 것이었다. 상희는 얘기하는 도중에도 심하게 기침을 했고 목소리를 내는 게 힘들다고 했다. 역류성 식도염 때문에 약을 먹고 있으며 어제는 불면증 때문에 두 시간도 채 자지 못했다고 했다. 체력이 떨어져서 음악이고 뭐고 듣기 힘들어진 게 아니냐 하자 상희는 그럴지도 모르겠지만 꼭 그것 때문만은 아닌 것 같다고 했다. 사실 체력이 바닥인 건 하루 이틀의 문제가 아니며 바닥이 아닌 날이 언제였는지 생각조차 잘 나지 않는다, 가끔 내 나이가 몇인지 잘 모르겠다고 했는데 나는 왠지 숙연해져서 나이 얘기는 하지 않았으면 좋겠다고 대꾸했다. 대신 음악에 대해서는 나도 비슷한 느낌을 갖고 있으며 이것이 그저 일시적인 현상인지 아니면 내 안의 무엇인가가 변한 것인지 궁금하다고 했다. 어쩌면 음악의 문제가 아닐지도 모르겠다. 《Async》에 수록된 작업노트를 펼쳐 읽어보았다. 거기엔 이렇게 적혀있었다.

· 아침, 일어나서 바로 머릿속에 떠오르는 음을 아날로그 신시사이저로 표현할 것.
· 바흐의 합창곡을, 은은하게 깔아놓은 음색에 마치 아무런 규칙이 없는 안개의 움직임 속에서 엄밀한 논리가 모습을 드러내듯 어레인지할 것.
· 사물의 소리를 수집할 것.
· 환경음을 수집할 것. 빗소리, 폐허 소리, 인파 소리, 시장 소리…
· 하나의 템포에 모든 것을 맞추는 것이 아니라, 저마다의 소리/파트가 고유한 템포를 가진 음악을 만들 것.

나는 이것을 상희에게도 소리 내어 읽어주었다. 상희는 자기는 들을 만큼 들었으니 마음에 들면 CD를 가져가라고 했다. 우리는 유튜브로 해리 베르토이아Harry Bertoia의 음향 조각을 찾아보았는데 생각했던 것과는 좀 다른 것이었고 상희도 자신의 예상과는 좀 다르다고 했는데 그렇다고 실망스럽다거나 하지는 않았다. 최근 나는 음악이 필요할 때 누군가의 음성을 듣는다고 했다. 외국어 교재용으로 만들어진 프랑스어 낭독 파일이나 북유럽 언어들. 그런 걸 듣고 있으면 마음이 편안해져. 그 말을 듣고 상희는 갑자기 생각나는 게 있다며 노트북으로 자신이 전에 작업했던 음성파일을 들려주었다. 일본어 낭독이었는데 상희가 마음에 드는 일본어책들을 무작위로 펼쳐서 밑줄을 긋고 나중에 그 부분을 옮겨 적은 뒤, 일본인에게 낭독을 부탁하고 녹음한 파일이었다. 낭독을 부탁받은 일본인은 이 말도 안 되는 문장들이 어떤 식으로 쓰인 것인지 알지 못했고 듣는 사람도 무슨 내용인지 짐작조차 못한 채 그저 음성의 느낌만을 듣는 것이었다. 서로가 그 맥락에 대해 알지 못하는 것. 그게 핵심이라고 상희는 말했다. 다행하라고 해야 할까? 나도 일본어를 잘 몰랐기에 들어도 무슨 말인지 알 수 없었고 대신 27분가량 되는 음성파일의 앞부분을 듣자마자 내게도 이것을 보내줄 수 있느냐고 부탁했다.

그 낭독의 어떤 부분이 마음에 들었는지 모르겠다. 반복해서 들으면 알 수 있을 거라고 생각했는데 들을수록 모르겠다는 생각이 들었고, 모르겠다는 느낌이 강해질수록 목소리에 점점 빠져들었다.

Test Pattern

여자의 목소리는 덤덤했고 마치 어떤 종류의 설명서를 읽는 것 같았는데 어째선지 그 음성은 전에 일했던 평일의 텅 빈 도서관 풍경을 떠오르게 했다. 반납도서를 정리하고 나면 다른 할 일이 거의 없어서 앉아서 책을 읽거나 서가를 천천히 둘러보거나 했다. 그때 같이 일하던 직원이 있었는데 그녀는 거북이 두 마리를 키웠다. 아무도 없는 도서관에서 책등을 바라보며 그런 얘기를 하던 기억이 났다. 나는 거북이 두 마리를 키워. 그녀는 그것이 엄청난 비밀이라도 되는 것처럼 내게 조심스럽게 말해주었다. 어쩌면 정말 비밀이었을지도 모르겠다. 이름이 뭔데? 그녀는 대답해주었지만 거북이의 이름은 잊어버렸다. 개네들을 가만히 보고 있으면 기분이 좋아져. 가끔은 소리도 내. 소리? 누가? 거북이들이. 거북이가 소리를 낸다고? 무슨 소리를 내는데? 그건 말로 설명하긴 어려워. 직접 들어보면 알 수 있어. 아주 집중하고 조용해야지만 들을 수 있는 그런 소리야. 그녀는 그것을 거북이들의 노랫소리라고 했는데 그 소리를 한 번이라도 들어본 사람이라면 거북이를 사랑할 수밖에 없다고 했다. 궁금한데. 들어볼래? 언제? 언제든. 거북이 소리를 들으러 와. 나는 좋다고 했다. 그녀의 목소리는 아주 작아서 집중하지 않으면 잘 들리지 않았고 입술을 거의 움직이지 않고 말했기 때문에 마치 복화술을 하는 것 같았다. 나는 끝내 그녀의 집에 거북이를 보러 가지 않았고 아주 가끔씩 정말 거북이들이 소리를 낼까? 낸다면 그건 무슨 소리일까를 생각해보았을 뿐이었다. 그녀의 이름이 뭐였더라? 목소리가 아주 작았다는 것밖에 기억나질 않았다. 도서관은 언제나 조용했고 그녀는 언제나 소리 없이 걸었다. 희미한 발소리가 들리는 것 같은 느낌이 들면 어느새 그녀는 내 앞에 서서 앉아있는 나를 내려다보고 있었다. 지금은 얼굴도 더 이상 기억나지 않기에 그녀의 존재가 내 상상은 아닐까, 하는 생각까지 들었다. 잠들기 전 상희가 보았다던 료지 이케다의 테스트 패턴을 유튜브에 검색해보니 2013년 독일 루어 트리엔날레에서 전시했던 영상이 나왔다. 나는 홀린 듯 영상을 세 번이나 보고 나서 료지 이케다에 더 찾아보았다.

작곡가임에도 불구하고, 이케다 료지가 작품에 활용하는 소재들은 사운드부터 영화 필름에 이르기까지 다양하며 그것을 전달하기 위한 매체도 스피커에서 라이트 박스까지 여러 영역을 넘나든다. 이러한 작업 전반을 그는 음악적인 구성composition이라고 표현한다. 그 소재가 빛인지 소리인지는 문제가 되지 않는다. 소재와 매체의 본질, 특히 어떤 매체가 만들어내는 경험에 대한 깊은 이해를 바탕으로 표현하고자 하는 바에 가장 적절한 매체를 파악하고 조합하여 구조화하는 것이 그에게는 하나의 음악적인 구성의 작업인 것이다. 아이디어가 물질화되거나 형태를 갖추기 이전의 메타 단계에서의 구성이 이케다가 해왔고, 하고자 하는 핵심적인 활동이라고 볼 수 있으며 그러한 메타 단계에서의 논리와 철학에 대한 관심을 확장하여 이케다 료지는 최근 세계 유수의 수학자들과 교류하면서 다음 프로젝트를 준비하고 있다[1], 고 한국디자인진흥원 홈페이지에서 김황은 료지 이케다를 소개했다. 2011년에 작성된 글이었다. 그리고 어디서 한 인터뷰인지는 알 수 없으나 비교적 최근의 인터뷰에

---

[1] 김황, 미디어 아트가 아닌 데이터 아트, 료지 이케다(Ryoji Ikeda)
http://www.designdb.com/?menuno=680&bbsno=19866&siteno=15&act=view&ztag=rO0ABXQANzxjYWxsIHR5cGU9Im-JvYXJkKliBubz0iNTg1IiBza2luPSJwaG90b19uYXRpcRpb24iPjwvY2FsbD4%3D

Test Pattern

서 료지 이케다는 사운드의 물리적 속성은 인간의 지각에 접근했을 때 그들 각자의 인과관계를 만들어낸다. 그 과정 속에도 패턴이 있고 결국 기억은 감각과 다르지 않다. 감각은 곧 기억이며 사운드도 빛도 우리의 오류도 마찬가지다. 그것이 우리의 과거다. 나는 그것을 사운드로 본다, 라고 말했다.

여자의 낭독에는 이미 사라진 것들을, 잊었다고 생각했던 것들을 떠오르게 하는 뭔가가 있었다. 음성파일을 수없이 반복해서 들은 뒤, 상희에게 전화를 걸었다. 상희의 목소리는 여전히 잠겨있었고 방금 역류성 식도염 약과 감기약을 같이 먹었는데 괜찮은지 모르겠다고 했다. 우리는 잠시 서로의 건강에 대해 얘기한 뒤 보내준 음성파일의 낭독자가 누군지 알고 싶다고 하자 상희는 잘 모르겠으며 그것은 친구들과 같이했던 프로젝트의 일환이었는데 진행 도중 결국 무산되었다고 했다. 이유를 물었지만 상희는 그냥 그렇게 되었다며 벌써 2년 전 일이고 사실 그런 식으로 흐지부지된 프로젝트는 수없이 많다고 말해주었다. 상희가 기억하기에 낭독자는 그 당시 대학원을 다니던 친구가 소개한 사람으로 한국에 유학 온 대학원생이었는데 상희도 그녀를 직접 만난 건 아니었고 친구를 통해 텍스트를 전달하고 녹음된 파일을 받은 것이 전부라고 했다. 그때 자기가 썼던 일본어 문장들이 무슨 내용이었는지도 남아있는 게 없기에 알 수 없으며 상희는 가끔 이런 식의 작업을 하는 게 무슨 소용인지 모르겠다고 했다. 갑자기 그게 무슨 소리냐고 묻자 상희는 갑자기가 아니며 자신은 언제나 무용함의 끝을 보고 있는 것 같다고 했다. 얼마 전까지만 해도 앞으로 할 작업에 대해 구구절절 설명을 늘어놓던 상희였기에 나는 뭐라 말하면 좋을지 알 수 없었다. 내가 말이 없자 상희는 이름은 남아 있을 텐데, 하며 잠깐만 기다리라고 했다. 상희가 핸드폰을 내려놓고 뭔가를 찾는 듯 서랍을 여닫는 소리가 들려왔다. 주변이 조용해서인지 상희가 작게 중얼거리는 소리까지 들려왔는데 뭐라고 하는지는 알 수 없었고 마치 주문을 외우고 있는 것 같았다. 누군가가 악! 하고 비명을 지르는 소리가 들렸다. 종이라도 찢을 수 있을 만큼 날카로운 비명이었는데 상희의 입에서 나오지 않을법한 소리였기에 다른 누군가의 목소리일 거라는 생각이 들었다. 무슨 일이야? 내가 물었지만 아무도 대답하지 않았다. 여기 있네. 상희가 말했다. 무슨 일이야? 내가 다시 물었다. 응? 뭐가? 방금 누가 소리 지르지 않았나? 아 그거? 별거 아냐. 바닥에 커피를 엎질렀어. 괜찮은 거야? 응 괜찮아. 다른 사람이 비명을 지른 줄 알았어. 내가 말하자 상희는 자기가 비명을 질렀느냐고 물었다. 방금 네가 악! 이랬잖아. 그랬나? 그랬는지 몰랐어. 아무튼 괜찮은 거지? 괜찮아. 그저 커피일 뿐이야. 이름을 찾았다고 상희가 말했다. 낭독한 사람의 이름은 료야. 내가 아는 건 그것뿐이야. 료. 나는 작게 말해보았다. 전화를 끊고 시계를 보니 벌써 새벽 한 시가 되어가고 있었다. 그날 나는 료의 낭독을 들으며 잠이 들었다. 목소리를 들으며 료의 얼굴을 상상해보았지만 떠올릴 때마다 얼굴은 달라졌고 그러다 문득 상희가 떠올랐는데 불면증 때문에 고생스럽다던 그녀가 새벽 한 시에 평소 잘 마시지도 않는 커피를 마시고 있었다는 게 이상하게 느껴졌다.

Lo-fi

　좀 전에 료에게 라디오 얘기를 들으니 여름날 공릉동의 한 카페에서 그녀를 처음 만났던 기억이 났다. 그날 나는 카페에 앉아 점심을 먹었던 가게에 대해 생각하고 있었다. 돈가스를 시켜 먹는 내내 뭔가 이상한 기분이 들었지만 그 이상함이 무엇인지 정확히 알 수 없었는데 멍하니 커피를 마시다가 불현듯 알게 되었다. 가게의 모든 사람이 일본어로 대화하고 있었다. 내 옆자리에서 밥을 먹던 남녀와 학생처럼 보이는 남자들과 주인까지 모두가 일본어를 유창하게 했고 알아들을 수 없는 그들의 말을 어쩔 수 없이 들으며 밥을 먹고 있으니 마치 정말 일본에 온 것 같은 기분이 들었다. 한번도 일본에 가본 적이 없기에 그런 기분이 든다는 것이 우습게 느껴졌지만 한편으론 모두가 일본어를 쓴다면 거긴 일본이 아닌가, 중요한 것은 장소가 아니라 언어가 아닐까, 하는 생각이 들었다. 주문을 받고 음식을 주고 계산을 하고 인사를 할 때까지 주인은 일본어를 썼다. 주인이 일본사람인가보다라고 대수롭지 않게 생각했는데 그는 분명 내 말을 다 알아들었고 그렇다면 한국어를 못 하는 게 아닌 것 같았는데도 굳이 일본어로만 얘기한다는 것은 의식적으로 한국어를 배제하려는 게 아닐까, 배제하려는 건 한국어가 아니라 내가 아니었을까, 사실 한국어를 배제하고 싶은 건 그가 아니라 내가 아니었을까. 그런 생각을 하고 있는데 카페 안에서 익숙한 목소리가 들렸다. 얼굴을 보지 않아도 알 수 있었는데 그건 내가 료의 얼굴을 한번도 본 적이 없기 때문이었다. 한두 번 들은 목소리가 아니잖아. 나도 모르게 눈을 감았고 그러자 목소리는 더욱 선명하게 료가 되었다. 일본어로 말하는 게 아니었는데도 료임을 알 수 있었다. 눈을 뜨니 료가 있었다. 료는 내가 잠에서 깨길 기다리고 있었던 것처럼 서서 나를 내려다보고 있었다. 료. 내가 말하자 료는 기다리셨다는 그분인가요? 하고 물었다. 생각해보니 기다렸던 것도 같아서 그런 것 같네요, 하고 말하자 정말 기다리고 있었던 것 같았고 카페에 앉아있던 이유도 료를 만나기 위해서였던 것 같았다. 료는 길을 잃었어요, 했다가 지금도 잃고 있는 중인 것 같다고 덧붙였다. 뭐라 대꾸할 틈도 없이 료는 자신이 길을 잃은 얘기를 시작했고 듣다 보니 내가 여기 있는 건 상희의 음악 때문이라는 생각이 들었다. 그것이 음악이었다면. 상희도 내게 보낸 메일에서 어쩌다 보니 간밤에 이런 걸 만들었는데 이게 뭔지 도무지 모르겠다고 했다. 첨부된 5개의 미디어 파일을 핸드폰에 저장해 산책을 하며 들었다. 듣다 보니 분명 멜로디랄까, 리듬은 있었지만 음악이라 부르기는 망설여질 정도였고 의도적인지 아닌지 중간중간 상희가 뭔가를 읽는 듯한 목소리가 녹음되어 있었는데 처음에는 인식하지 못했지만 듣다 보니 알 수 있었다. 그것이 무엇이었든 간에 그 소리에 빠져들어 내가 지금 어디를 걷고 있는지도 잊고 헤매다가 올 생각도 없던 공릉동까지 오게 되었다. 나중에야 상희에게 그때 보내준 거 듣다가 길을 잃었어, 라고 말해주었더니 그녀는 매우 기뻐했다. 그러니까 료. 듣다 보니 내가 잃은 건 길이었지만 료가 잃은 것은 길이 아닌 것 같았고 그렇다면 잃은 건 무엇이었을까. 료가 길을 잃었다고 생각하는 이유는 가끔

Test Pattern

자신의 이름이 기억나지 않거나 안다고 생각했던 사람이 자신을 알아보지 못하거나 혹은 처음 보는 사람이 자신을 기억하기 때문이었다. 그러니 제가 기억하지 못하더라도 이해해주세요. 그렇지만 전에 분명 같이 얘기를 나눴던 기억이 나요. 그때 무슨 얘길 했었죠, 내가 물었고 료는 웃으며 뭔가 생각났다는 듯 그 질문 그때도 했어요, 라고 대답했다. 우리가 지금 무슨 이야기를 하고 있죠. 길을 잃고 있어요. 원래 우리가 만나기로 한 곳에서 기다리셨나요? 나는 그렇다고 했다. 저는 어디서도 기다릴 수 있어요. 그 말에 료는 웃었다. 생각나요 그때도 그렇게 말했던 거. 기다릴 수만 있다면 어디서든 만날 수 있어요. 공릉동의 또 다른 카페와 남창동의 카페와 관철동의 카페와 음식점과 바와 여러 기억나지 않는 장소를 거치며 그런 이야기를 나눴다. 미리 약속하진 않았지만 장소가 어디든 우리는 만날 수 있었다. 내가 기다렸기 때문이다. 료는 이것을 주파수로 설명했다. 어디서든 주파수만 맞으면 방송을 들을 수 있는 것처럼. 라디오 같네. 그리고 료는 라디오에 대해 이야기했다.

 상희는 자꾸 길을 잃는 이유는 언어로부터 멀어지고 있기 때문이며, 언어로부터 멀어지고 있는 것이 내가 어쩔 수 없는 근본주의자이기 때문이라고 했다. 멀어지고 있다는 게 무슨 뜻인지, 언어와 공간이 무슨 상관이 있는지 물었지만 상희는 아까부터 고개를 숙인 채 말이 없었고 어디가 안 좋은 거냐고 묻자 잠시 뭔가를 생각했다고 말했다가 사실 안 했어 생각 같은 거, 라고 덧붙였다. 나는 상희가 영화에 대해 생각하고 있었을 거라 생각했다. 그날도 나는 길을 잃어 상희가 있는 카페에 20분쯤 늦게 도착했지만 영화는 제시간에 볼 수 있었다. 인디스페이스에서 상희가 음악감독을 맡은 영화가 개봉하여 같이 본 것인데 끝나고 나서 제기동까지 가는 동안 우리는 방금 본 영화에 대해 한마디도 하지 않았고 나는 상희가 영화가 마음에 들지 않거나 너무 많이 봐서 별로 말하고 싶어 하지 않는 것이라 생각했다. 아마 마음에 들지 않았던 것 같아. 나는 좋지도 나쁘지도 않았는데 그렇다면 별로였던 걸까. 꼭 그런 건 아닌 것 같았다. 뭐라 말하기 힘든 영화였다. 등장인물도 사건이랄 것도 없었으며 카메라는 거의 고정된 반면 음악은 물처럼 흘렀는데 그 특유의 리듬이 몇몇 장면을 기억나게 할 뿐이었다. 그렇지만 마지막 대화 장면은 인상적이었어. 사실 엄밀히 말해 대화라고 할 수도 없지. 서로 다른 얘기를 하고 있었으니까. 그런데 어느 순간 그 말들이 같은 곳을 향해 가고 있다는 느낌이 들어서 좋았어. 교묘한 것이. 좋은 건가 교묘한 게. 교묘한 게 좋다기보다는 의도를 억지로 만들지 않으려는 느낌이. 의도를 억지로 만들지 않으려는 의도가 아닐까. 그런가. 어쩔 수 없지 우리는 의도치 않아도 의도 밑에 있으니까.

아무래도 별로인가. 상희는 영화가 별로였다기보다 영화에 자신이 나왔던 것이 별로였다고 했다. 나왔다고? 어느 장면에? 공원에서 책을 찢고 있었어. 그런 장면이 있었나? 알아볼 수 없었을 거야. 알아볼 수 없게 해달라고 했으니까. 무슨 책이었지? 데릭 저먼의 『크로마』. 크로마? Chroma. 읽어본 적 있어? 아니. 데릭 저먼의 영화를 본 적 있어? 아니. Chroma. 번역본은 없나? 번역될 수 없는

Test Pattern

것들도 있으니까. 색깔을 번역할 수 있나? 8mm로 영화를 찍던 시절은 끝났어. 그런데 어떻게 출연하게 된 거야? 그날이 내 생일이었거든. 그거랑 무슨 상관이지? 내 생일은 데릭 저먼과 같으니까. 데릭 저먼이 왜 필요한 거지? 그는 시력을 잃었거든. 그래서 그도 길을 잃었나? 아니 그가 잃은 건 영화였어. 영화가 왜 필요한 거지? 그런 질문은 보이스 오버voice-over로만 가능해. 시력을 잃어도 글을 쓸 수 있어. 글을 쓸 수 있어? 그럼 크로마를 봐. 그는 목소리만으로 영화를 찍었어. 색깔과 목소리 중 어느 것이 더 오래갈까? 기억이 안 나. 영화에 공원이 나왔었는지. 상관없어. 생일이었는지도 몰랐어. 말한 적이 있었던가? 기억이 안 나. 잊어버려도 상관없어. 나도 종종 잊으니까. 잃어버려도 상관없잖아 길 같은 거. 우리가 같은 영화를 본 게 맞나? 같이 봤잖아. 그럼 같은 건가? 내가 찢고 싶다고 했어. Chroma. 그 이후부터인 것 같아. 이렇게 된 게. 귀에서 계속 내 목소리가 들려. 우리가 지금 무슨 얘길 하고 있는 거지? 들려? 목소리가 사라지면 시력도 사라지는 걸까? 시력이 사라지면 목소리가 사라지는 걸까? 사라지면 글이 되는 걸까? 어차피 찢어버려 그런 건. 찍었잖아 그래서. 근데 이거 료가 들려준 라디오 얘기와 같지 않은가. 상희는 료가 누군지 모르겠다고 했다. 나는 상희가 기억하지 못한다기보다는 기억하고 싶어 하지 않는 것이라 생각했다. 잊어버려도 괜찮아. 료. 영화보다는 대사를 기억해. 나는 핸드폰에 저장해 두었던 료의 음성파일을 찾았지만 찾을 수 없었다. 료는 상희가 만든 음악이 아니었을까. 상희가 료를 기억하지 못하기 때문에 사라져버린 것이 아닐까. 찾을 수 없다기보다는 잊혀버린 것이 아닐까. 어쩌다 이렇게 된 거지? 상희는 자기도 모르겠다고 했다. 아까부터 나는 상희가 말을 하고 있지 않지만 그것을 알아듣고 있다는 사실을 깨달았고 목소리를 잃은 것이 정말 영화에 출연했기 때문일까, 아니면 책을 찢었기 때문일까, 데릭 저먼의 크로마 때문일까, 생각해보았지만 어느 쪽도 말이 되지 않는 것 같았다. 불을 꺼줘. 상희가 말했다. 나는 불을 껐다. 아니 말하지 않았지만 느낄 수 있었다. 불을 켜지 마. 어둠 속에서 나는 들었다. 아무것도 보이지 않으니 더 이상 상희의 목소리는 들리지 않았다. 느껴지지 않았다. 시간이 얼마나 지났는지도 모르겠다. 나는 조용히 상희를 불러보았다. 아무도 대답하지 않았다. 상희가 있다고 생각되는 곳으로 손을 뻗어보았지만 아무것도 만져지지 않았다. 불을 켜지 마. 아무것도 만져지지 않는 곳에서 누군가가 말했다. 나는 불을 켜지 않았다.

그리고 일기는 계속된다

형태에 담기지 않으면 유동할 수 있다. 노트에 그렇게 적어놓았는데 이 말을 내게 한 사람이 누군지 모르겠다. 료지 이케다가 했던 말이었나. 생각해보니 이상한 말 같았다. 실체가 있다면 유동할 수 없으며 존재하지 않기에 자유로울 수 있다. 이건 내가 료에게 했던 말인 것 같다. 료는 뭐라고 했었던가. 그러니까 료. 이제는 기다려도 료를 만날 수 없었는데 그건 너무도 당연한 것이었고 그동안 료를 만났던 것이 생각할수록 믿을 수 없게 느껴졌다. 전에 료와 만났던

Test Pattern

카페에서 상희가 생일선물로 주었던 싱클레어 루이스의 『배빗』을 펼쳐놓고 있었다. 선물 받은 지 꽤 되었지만 아직도 읽지 못하고 가끔 아무 데나 펼쳐서 들여다보기만 했는데 오늘은 문득 읽으라고 준 책이 아닌지도 모르겠다는 생각이 들었다. 상희에게 싱클레어 루이스를 좋아하냐고 묻자 자기도 읽어본 적이 없으며 그저 나랑 생일이 같은 작가라서 골랐다고 했다. 그 말을 듣고 나는 나와 생일이 같은 작가를 찾아보았는데 그중에는 찰스 디킨스도 있었다. 디킨스도 있는데 왜 하필 싱클레어 루이스지? 뒤늦게 궁금해졌지만 아마 거기엔 별다른 이유가 없을 것 같았고 그렇다면 나도 찢어야 하나. 찢으면 알 수 있을까. 사라질 수 있을까. 목소리처럼. 만날 수 있을까. 책의 중간 부분에는 알 수 없는 얼룩이 묻어있었는데 손으로 만져보고 냄새를 맡아보니 커피를 흘린 자국 같았다. 한동안 꽂아둔 채 펼쳐보지도 않았기에 어디서 묻은 건지 짐작조차 가지 않았다. 책은 양장본이어서 찢기 어려워보였다. 그냥 버리자. 어떻게 버리면 좋을지 생각하다가 근처 대형서점에 가서 아무 데나 꽂아놓고 나오기로 했는데 결과적으론 그러지 못했다. 한손에 싱클레어 루이스를 들고 소설코너를 기웃거리다가 책을 보고 있는 사람들을 피해 시집코너로 갔다. 시집코너에 꽂힌 싱클레어 루이스를 발견하게 되는 사람은 무슨 생각을 할까. 누가 먼저 발견하게 될까. 그런 생각을 하며 걷다가 서가 앞에 서서 시집을 읽고 있는 여자를 보았다. 목소리를 듣지 않아도 알 수 있었다. 료. 나도 모르게 료를 불렀다. 료는 읽던 시집을 덮고 나를 쳐다보았지만 내가 누구인지 모르는 것 같았고 모를 수가 없다고 생각했지만 문득 전에 료가 했던 말이 떠올랐다. 그제야 나는 료가 남색 유니폼을 입고 있는 것과 왼쪽 가슴에 달려있는 이름표를 보았는데 거기엔 강성은, 이라고 적혀있었다. 전에 한번도 료가 유니폼을 입고 있는 모습을 본 적이 없었고 그녀가 하는 일에 대해서도 들은 적이 없었지만 그 모습이 낯설지 않았다. 누군가를 기다리고 있냐고 묻자 료는 말없이 고개를 저었다. 료가 뭔가 질문하길 기다렸지만 그녀는 여전히 나를 기억하지 못하는 것 같았다. 료는 지금도 길을 잃고 있을까. 아니 잃고 있는 건 내가 아닐까. 료는 라디오를 끌 수 없다고 했다. 라디오에서는 계속 알 수 없는 목소리가 들리고 듣다 보니 그건 녹음된 자신의 목소리였는데 그렇게 생각하니 견딜 수 없어졌다고 했다. 자신의 목소리를 받아들여야 한다는 것은 끔찍한 일이야. 료는 라디오 전원을 껐지만 목소리는 멈추지 않았고 건전지를 빼서 바닥에 집어 던졌는데도 목소리는 계속되었다. 그러니까 료. 그건 네가 꾼 악몽이야? 아니. 이건 악몽도 뭣도 아냐. 나는 한번도 꿈을 꿔본 적이 없어. 그것이 무척 슬픈 사실이라도 되는 것처럼 료가 말했다. 아마 지금 내 목소리는 료의 귀에 가닿지 못하고 있는지도 몰라. 말을 걸어서 미안하다고 사과한 뒤, 료를 지나쳐 밖으로 나갔다. 서점을 나왔을 때 누군가 나를 붙잡아서 돌아보니 료가 서 있었다. 나는 료를 불렀지만 료는 대답하지 않았다. 대신 유니폼 안주머니에서 반으로 접힌 티켓 한 장을 주었다. 언젠가 상희는 음악 작업을 하게 된 것이 스스로의 목소리가 싫기 때문이라고 했다. 누가 자신의 목소리를 사랑할 것인가, 우리는 모두 자신의 목소리를 처음 듣는 순간 자신이 생각했던 종류의 사람이 아님을 깨닫지 않는가, 내가 사랑하는 나는

Test Pattern

가장 왜곡된 형태의 나 아닌가. 따위의 말을 또 내게 해주었던 사람이 누구였더라. 생각해봐도 기억나지 않았고 문득 내가 들고 있던 싱클레어 루이스는 어디로 갔는지도 알 수 없었다.

영화는 단일 프레임들이 모인 것이다. 영화는 프레임과 프레임 사이에 있다. 요나스 메카스는 그렇게 말했다. 나는 요나스 메카스가 누군지 몰랐지만 그렇기 때문에 이곳에 오게 된 것이라 생각했다. 우리가 몰랐을 때만 만날 수 있었던 것처럼. 사운드가 기억으로 대체될 수 있는 것처럼. 국립현대미술관을 돌아다니다 마지막으로 요나스 메카스의 전시를 보며 김지훈 교수가 쓴 짧은 소개 글을 읽었다. 오늘이 전시 마지막 날이었는데 료가 내게 국립현대미술관 티켓을 준 것은 요나스 메카스 때문인 것 같았고 여기저기서 상영 중인 영상을 하나씩 보고 있으면 누군가가 나를 부를지도 모르겠다는 생각이 들었다. 요나스 메카스는 끊임없이 일기영화를 찍어왔고 95세인 지금도 그의 일기는 계속되고 있다. 16mm 볼렉스 카메라에서 디지털 카메라로, 사실주의에서 인상주의로, 극장에서 미술관으로, 20세기에서 21세기로, 이론에서 직관으로, 혹은 수직에서 수평으로, 기억에서 이미지로 바뀌어 갔을 뿐. 누군가 그에게 일상의 순간들을 아카이빙 하는 것이 어떤 의미인지 묻자 요나스 메카스는 굳이 말한다면 아카이빙에는 아무런 의미가 없으며 그저 내 손에 카메라가 있고 자신은 그것을 통해 삶을 바라보고 있기 때문이다, 라고 대답했다. 카메라가 좋은 이유는 거기엔 어떤 비유도 없기 때문, 이라고 그는 덧붙였다. 그가 사라져도 이미지는 남을 것이며 어쩌면 그가 사라져도 그의 일기는 계속될 것이다.

　기억은 사라진다. 그러나 이미지는 여기 있다. 영상을 우리는 글로 읽는다. 그리고 그 차이가 우리를 멀어지게 한다. 그렇지만 이미지는 만질 수 없잖아. 그럼 글은 만질 수 있나. 그런 소리 마. 서로를 만질 수도 없으면 이미지와 다를 게 뭐지. 그런 것들만이 영원할지도 몰라. 그런 소리 마. 지금 영원을 말하는 거야? 영화가 아직 끝나지 않았다는 생각이 들어. 영화는 끝나지 않았고 전시는 시작되는 중이었다. 왜 아무것도 나오지 않지? 들려? 료가 물었다. 들어봐. 거북이들 소리야. 기억나? 그렇지만 난 거북이들을 보러 간 기억이 없는데. 기억이 없으면 들을 수 없나. 분명 간 적이 없었지만 들은 기억이 났다. 그런 것은 글로 쓸 수 없다. 불을 켜지 마. 료가 말했다. 어둠 속에 있으면 이곳이 극장인지 미술관인지 알 수 없어진다. 결국 찍혀지지 않은 이미지가 가장 오래 남게 되는 것이다. 영화가 아직 끝나지 않았잖아. 영화는 중요한 게 아니야. 대사를 기억해. 어둠 속에서 내레이션이 들렸다. 요나스 메카스가 쓴 것은 시가 아니야. 그가 찍은 것은 영화가 아니야. 그렇기 때문에 그의 일기는 계속된다. 그가 했던 말을 다시 한번 상기할 것. 영화는 프레임과 프레임 사이에 있다. 그것을 잊는 순간 우리가 보고 있는 것은 더 이상 영화가 아니다. 료가 했던 말을 생각할 것. 료가 했던 것이 말이 아니었다는 점을 생각할 것. 그런 의미에서 이 글은 함께 제작된 영상과 함께 읽혀야 한다. 그렇지 않으면 이 글은 아무런 의미가 없다.

영상 없는 사운드 트랙

사운드 없는 사운드 트랙

- 이 부분은 보이스 오버 내레이션으로 처리할 것.

Test Pattern

그때까지도 화진은 나를 돌아보지 않고 뭔가를 열심히 쳐다보고 있었다. 언제부터 그러고 있었어? 내가 물었지만 화진은 대답하지 않았다. 화진은 양손으로 컵을 쥐고 있었는데 아직 따뜻한지 창에 김이 서렸다. 원두가 남아있었나? 내가 묻자 화진은 대답 없이 고개만 끄덕였다. 내가 보고 있었는데 못 느꼈어? 느꼈어. 그런데 왜 가만히 있었어? 그래야 이름을 불러줄 테니까. 화진이 말했다.

그때까지도 화진은 나를 돌아보지 않고 뭔가를 ㅇㅇ히 쳐다보고 있었다. 언제부터 그러고 ㅇㅇㅇㅇㅇㅇㅇㅇㅇㅇㅇ 않았다. 화진은 양손으로 컵을 ㅇㅇㅇㅇㅇ
나ㅇ

핑크맨은
핑크맨이(아닐 수도 있)다

핑크맨은 핑크맨이 아닐 수도 있다

 그는 결근했다. 벌써 3일째였다. 결근하고 나서야 그의 이름을 알게 되었다. 거의 6개월을 같이 일했는데 한번도 이름을 불러본 적이 없었다. 특별히 부를 일이 없었고 있었다 해도 아마 부르지 않았을 것이다. 정해진 시간에 지하창고로 가서 그날 할당된 양의 박스를 날랐다. 오후 1시가 넘으면 업체에서 제공하는 도시락을 먹었다. 30분 정도 쉬고 4시까지 남은 박스를 나르거나 청소를 하는 동안 누구와도 얘기하지 않았고 아무도 내 이름을 부르지 않았다. 가끔 사무실에 있던 매니저가 내려와 창고를 천천히 한 바퀴 돌고 잠시 나를 바라보다가 다시 올라갈 뿐이었다. 매니저는 말이 없는 사람이었는데 그건 나도 마찬가지였다. 그런 사람을 주로 뽑는 것 같았다. 면접 때 매니저는 추위를 잘 타는 편인지 묻고는 내가 고개를 젓자 혼자 있는 걸 잘 견디는 편인지 물었다. 견뎌야 하는 문제인가요, 그런 식으로 답했던 것 같다. 너무 당연한 일이라 견디고 자시고 할 문제가 아닌 것 같았고 내 대답이 만족스러웠는지 아닌지는 알 수 없었으나 과연 추위도 지루함도 잘 느끼지 못하는 사람에게 지하창고 일은 적합한 것이었다. 물류센터에서는 몇 팀으로 나눠져서 일했고 나는 3-A와 3-B에 지정되었다. 그는 나와 같은 구역에 배치되었는데 각자의 박스를 날랐기에 거의 마주칠 일이 없었지만 도시락을 받거나 퇴근기록을 남길 때는 마주쳤다. 쉬는 시간에도 가끔 철제의자에 앉아 텀블러에 든 음료를 마시는 그의 모습을 보았다. 그와 몇 마디 주고받기도 했던 것 같은데 무슨 얘기를 했는지는 모르겠다. 아마 기억하지 않아도 될법한 얘기만 했던 것 같다. 남은 도시락을 들고 사무실에 올라갔을 때, 매니저는 그의 이력서를 들여다보고 있었다. 나를 보더니 서류를 내려놓고 잠깐 앉아보라며 그와 무슨 얘기를 했는지 특별한 점은 없었는지 물었다. 나는 잠시 생각하는 척을 하다가 별다른 것은 없었다고 했다. 하나 마나 한 질문과 대답이라는 생각이 들었는데 매니저도 그것을 알고 있는 것 같았고, 어디까지나 의례적인 차원이라는 느낌이 들었다. 나는 무의식적으로 매니저가 보던 그의 이력서를 쳐다보았는데 그때 그의 이름과 나이 그리고 주소를 보았다. 그가 사는 곳은 내가 예전에 살던 곳과 같았다. 화진과 같이 살 때였다. 아직도 응암동이라는 말을 들으면 자연스럽게 화진이 떠올랐다. 사고가 생겼나 본데. 매니저는 그렇게 말하곤 내가 들고 있던 도시락을 받았다. 자세한 건 그도 모르는 것 같았고 아마 앞으로도 알 수 없을 것이라는 생각이 들었다. 어쨌든 김상호는 결근했고 며칠 뒤 다른 사람이 그의 일을 대신했다. 그와 나는 서로의 이름도 묻지 않은 채 가벼운 인사만을 나누고 각자의 일을 했다. 얼마 뒤 이번엔 어디서 나왔는지 알 수 없는 작업복 차림의 남자 두 명이 내게 김상호에 대해 물었다. 나는 알고 있는 것도 기억나는 것도 없다고 했다. 남자 중 한 명이 그와 마지막으로 나눈 대화에 대해 물었다. 대화를 했는지조차 기억나지 않는다고 하자 남자는 고개를 끄덕이더니 노트북을 꺼내 CCTV 화면을 보여주었다. 모니터를 보니 4시경에 김상호와 나는 3분 정도 이야기를 나누었다. 처음에는 화면 속 인물이 내가 아니라고 생각했는데 그들이 나라고 말해줘도 이상하게 나처럼 느껴지지 않았다. 화면 속의 나는 그를 가리키며 알 수 없는 손짓을 했는데 그것이 무엇을 의미하는지 화면 밖의 나는 도무지 알 수 없었고 그들은 그런 나를 이상하게 보는 듯했다. 아마도 시간에 대해 얘기한 것 같다고 했다. 시간이요? 나는 고개를 끄덕였고 그들은 더 자세히 묻지 않았다. 김상호는 어떤 사람이었는지 아까와는 다른 사람이 물었다. 잘은 모르겠지만 그는 체념한 사람 같았다고 했다. 또 다른 특별한 건 없었나요? 나는 잠시 생각하다가 그는 추위를 못 느끼는 사람 같았다고 했는데 얘기하고 나니 그 두 가지는 같은 것처럼 느껴졌다.

지하철역에서 막스 피카르트의 『인간과 말』을 읽는 여자를 보았다. 나는 읽지 않았지만 화진이 좋아하는 책이었고 가끔은 소리 내 읽어주기도 해서 몇몇 부분을 알고 있었지만 이제는 아무것도 기억나지 않았다.

아무것도 없는 단순한 행위라 해도, 그것이 아무것도 그리워하지 않는다는 건 아니다. 말 없는 행위에는 불안과 기대가 들어 있다. 독창적인 말, 질서를 부여하는 말이 행위에 깃들기를 바라는 기대가.

갑자기 이런 문장들이 떠올랐는데 아마도 예전에 화진이 읽어주었던 내용 같았지만 막스 피카르트가 아닌 다른 무엇일 수도 있고 그저 어딘가에서 주워들은 이야기와 내 상상이 조합되어 만들어진 문장일지도 모르겠다는 생각이 들었다. 머릿속에 떠오르는 문장은 대체로 그런 식이었다. 화진은 왜 그 책을 그토록 열심히 읽었을까. 최소 3번 이상은 읽었던 것 같다. 언젠가 물어보기도 했지만 화진이 뭐라고 대답했는지는 기억나지 않았다. 특별한 이유가 있었던 것 같기도 하고 별 이유가 없었던 것 같기도 했는데 이제 와서 그게 뭐가 중요할까, 하는 생각이 들었다. 갑자기 여자가 읽는 책을 가로채 화진이 읽어주었던 부분을 찾아내고 싶다는 충동이 들었지만 아무런 행동도 하지 않았다. 여자는 디지털미디어시티역에서 내렸다. 응암역에 도착할 때까지 책에 대해 생각했다. 역에서 나올 때 계단에 앉아 무언가에 대해 격렬하게 토론하고 있는 두 여자를 보았는데 어딘가 이상하다는 생각이 들었다. 가까이 갔는데도 그들에게서는 아무런 소리가 들리지 않았다. 수화를 하는 것도 아니었고 그저 그들의 목소리가 들리지 않을 뿐이었다. 잠시 그들이 마임 같은 걸 하고 있는 게 아닐까, 하는 생각이 들었지만 그런 것 같지도 않았고 그들에게 문제가 있다기보다는 나에게 문제가 있는 것 같았다. 누군가가 옆에 있다면 저들의 대화 소리가 들리는지 묻고 싶었지만 아무도 없었고 그것이 딱히 아쉽진 않았다.

　선애빌 301호는 전에 살 때와 똑같았다. 칠이 벗겨진 현관문과 복도 벽에 누군가가 해놓은 낙서도 그대로였다. 문을 두드리면 금방이라도 내가 나올 것만 같았다. 무엇 때문에 여기까지 왔는지 알 수 없다는 생각이 들었지만 그래도 온 김에 문을 두드려보고 싶었는데 문득 빈손으로 누군가의 집을 방문하는 건 예의가 아니라는 생각이 들어 근처에서 잉어 빵을 천 원어치 산 뒤, 다시 현관문 앞에 섰다. 문을 두드리면 누가 나올까. 아무도 없을 수도 있지만 누군가가 있다면 세 가지 경우 중 하나일 거라 생각했다. 화진이 나올 경우, 김상호가 나올 경우, 그리고 내가 나올 경우. 세 가지 중 어느 쪽이든 잉어 빵은 도움이 될 것 같았고 그중 내가 가장 기대하는 것은 무엇인지 생각해보았지만 곧 어느 경우도 바라지 않는다는 것을 깨달았다. 문을 두드려보았지만 반응이 없었다. 돌아가기 전에 잉어 빵을 다른 손으로 옮겨 들고 마치 이곳이 아직 내 집인 것처럼 손잡이를 돌려보았는데 아무런 저항 없이 문이 열렸다. 그것이 일종의 농담처럼 느껴져서 멍하니 열린 문을 바라보다가 천천히 안으로 들어가보았다. 집안에 흐르는 냉기 때문인지 이러다 김상호의 시체를 발견하게 되는 건 아닐까 하는 마음이 들었지만 어째서인지 손에 든 잉어 빵만 있으면 어떤 어려움도 헤쳐나갈 수 있을 것 같았다. 집안은 서늘하고 청결했지만 시체는 없었고 사람이 머물던 흔적도 없었다. 집이라기보다는 냉동 창고 같았고 전에 살았던 곳이라는 익숙한 느낌도 전혀 없었는데 그것은 단순히 집안이 텅 비어있기 때문만은 아닌 것 같았다. 아무도 없다는 것을 알면서도 김상호 씨, 하고 불러보았다. 익숙한 것은 냉장고와 세탁기뿐이었다. 화진과 같이 살 때 쓰던 것이었고 우리가 처음 여기 왔을 때부터 있었다. 식탁과 의자는 못 보던 것이었다. 냉장고를 열어보았지만 도무지 무엇인지 알 수 없는 검은 액체가 든 병 하나와 먹다 남은 초콜릿 반쪽이 전부였다. 거실에 서서 창밖을 바라보았다. 분명 전에도 여기 서서 밖을 바라본 적이 있을 텐데 보이는 풍경은 낯설게만 느껴졌다. 무엇이 달라진 것일까. 화진은 아침에 따뜻한 차를 마실 때마다 컵을 손에 쥐고 창밖을 바라보곤 했다. 바깥 풍경이라고 해봐야 볼 게 아무것도 없었을텐데 화진은 언제나 같은 자리에 서 있었고 말을 걸면 그때야 나를 돌아보며 간밤에 꾼 꿈 얘기를 해주거나 했다. 그러고 있는 화진을 한참 바라볼 때가 있었다. 시선을 느끼고 돌아볼 때까지 기다렸지만 그녀는 의식하지 못하는 것 같았고 그때마다 참지 못하고 화진을 불렀다. 부르면 항상 화진은 돌아보았다. 그러나 부르지 않으면 돌아보지 않았다. 그 당연한 사실에 관해 가끔 생각해보곤 했다. 의자에 앉아 다시 한번 김상호 씨, 하고 불러보았다. 봉투에서 잉어 빵을 하나 꺼냈다. 잉어 빵은 아직 따뜻했고 이 집에 있는 것 중 가장 따뜻한 것 같았다. 그러다 문득 나는 이곳에 김상호가 살지 않는다는 사실을 깨달았다. 인간은 의자와 테이블만으론 살 순 없다. 최소한 이불이라도 하나 있어야 하지 않을까. 이곳은 누구의 집도 아니라는 생각이 들었고 내가 전에 여기 살았다는 사실도 믿을 수 없었다. 앉은자리에서 잉어 빵 세 개를 다 먹고 나니 더 할 게 없어져서 집안을 다시 한번 천천히 둘러보곤 밖으로 나왔다. 나오

핑크맨은 핑크맨이(아닐 수도 있)다

기 전에 누군가가 나를 보고 있는 것만 같은 느낌이 들어서 돌아보았지만 아무도 없었고 집이 나를 노려보고 있다는 생각이 들었다.

박스를 나르며 안에 뭐가 들었는지 한번도 궁금해하지 않았는데 갑자기 알고 싶다는 생각이 들었다. 평소와는 달리 비어있는 게 아닐까 싶을 정도로 박스는 가벼웠고 다른 것들도 마찬가지였다. 그 가벼움 덕에 평소보다 빨리 할당된 양의 박스를 나를 수 있었는데 이상하게도 마음은 무거웠다. 그럴 이유가 전혀 없었지만 누군가가 나를 놀리고 있는 게 아닐까 하는 생각이 들었다. 3-A와 3-B 구역 사이에 놓인 철제의자에는 이제 아무도 앉지 않았고 그래서인지 그건 의자라기보다 그저 경계를 나누기 위해 가져다 놓은 표시판 같았다. 언제부터인지 의자엔 갈색 외투가 걸려있었는데 아무도 그것에 손대지 않았고 나는 김상호가 갈색 외투를 입은 모습을 한번도 본 적이 없었지만 방치되어있는 것을 보니 그의 옷일 것 같다는 생각이 들었다. 외투를 입어보니 두 번째 단추가 떨어지고 없었지만 내 옷이라고 해도 좋을 만큼 몸에 꼭 맞았고 따뜻했다. 어쩌면 정말 내 것일지도 모르겠다. 오전에 박스를 다 날랐기에 오후에 할 일이 하나도 없었고 도시락도 먹고 싶지 않아서 받아놓고 쳐다보기만 했다. 이대로 시간을 때우다가 퇴근하면 그만이었지만 앉아있는 것조차 견디기 어려웠고 이제 일을 그만둘 때라는 생각이 들었다. 박스가 너무 가벼워서였을까, 무게가 느껴지지 않으니 내가 하고 있는 일이 우스꽝스럽게 느껴졌다. 무거운 것을 참을 수는 있지만 가벼운 것을 견디긴 어려웠고 스스로가 텅 빈 느낌이 들었다. 김상호도 이 가벼운 박스를 날랐을까. 문득 박스가 가벼워진 게 아닐지도 모르겠다는 생각이 들었다. 애초부터 내가 하던 짓은 의미 없는 광대 짓이었고 그것을 이제야 깨달을 수 있었다. 나는 뜯지도 않은 도시락을 들고 사무실에 올라가 반납하며 오늘 할 일은 다 끝냈고 더 이상 이 일을 할 수는 없다고 말했다. 매니저는 내게 무슨 문제가 있냐고 물었지만 어디까지나 의례적인 질문이라는 생각이 들었다. 질문 안에는 아무것도 들어있지 않았고 대답 없이 나는 밖으로 나왔다. 어떤 일은 결근밖엔 그만둘 방법이 없다는 생각이 들었다. 그것이 처음부터 일이 아니었을 때는 그런 방법뿐이라는 것을 김상호는 언제 깨달았을까. 지하창고를 나오는데 누군가의 시선이 느껴져서 돌아보니 의자에 걸려있는 갈색 외투가 보였다. 외투가 나를 노려보고 있었다.

내자동에 있는 바까지 걸어가기로 했다. 가는 길에 편의점 여덟 개를 보았고 배가 고파서 제일 먼저 눈에 보인 일식집에 들어가 돈가스 정식을 먹었다. 점심시간이 지나서인지 손님은 나와 초밥을 먹고 있는 여자뿐이었다. 음식이 나올 때까지 혼자 식사를 하는 여자를 몰래 쳐다보았다. 초밥 정식을 먹고 있는 것 같았는데 이미 한 접시를 다 비웠고 두 번째 접시도 다 비운 뒤 우동을 먹고 있었다. 여자는 주방을 향해 모둠 초밥 한 접시를 더 주문했다. 돈가스 정식을 먹으며 머릿속으로 여자가 얼마어치나 해치우고 있는지 계산해 보다가 그만두었다. 내가 밥을 다 먹는 동안 여자는 모둠 초밥 네 접시와 우동 세 그릇을 비웠다. 배가 고파서 허겁지겁 먹고 있다는 느

핑크맨은 핑크맨이(아닐 수도 있)다

낌도 전혀 없었고 맛을 음미하는 것 같지도 않았다. 그저 빠르고 정확하게 접시를 비울 뿐이었다. 여자는 왜소해 보였는데 어떻게 저게 다 들어갈까 하는 생각만 들었다. 계산하고 밖으로 나갈 때까지도 여자의 식사는 계속되었고, 영원히 끝나지 않을 것 같았는데 나는 언제까지나 그 모습을 바라봐도 지겹지 않을 것 같았다. 확인해 보고 싶은 것이 있어서 근처 서점에 들러 막스 피카르트를 찾아보았다. 검색하지 않아도 금방 찾을 수 있었고 배수아 번역의 『인간과 말』을 펼쳐 전에 머릿속으로 떠올렸던 문장들을 찾아보았는데 내가 기억한 것이 정확하다는 사실을 깨달았다. 이토록 정확하게 기억할 수 있는 이유는 내가 책을 읽지 않았기 때문일까. 아니면 화진의 낭독 때문일까. 그런 생각을 하며 세종문화회관을 지나 길을 건널 때, 핑크맨을 보았다. 그는 어쩌면 그녀는 동상처럼 가만히 서 있었고 정말 사람이 아닐지도 모르겠다는 생각이 들었다. 언젠가 화진과도 길을 걷다가 핑크맨을 본 적이 있었는데 그때와 같은 사람인지 궁금해서 한참을 바라보았지만 알 수 없었고 그때가 벌써 언제였는지도 기억나지 않았다. 얼핏 보고 지나칠 수도 있었을 텐데 화진은 멈춰 서서 오랫동안 핑크맨을 보았다. 핑크맨뿐만 아니라 많은 것들을 골똘히 보곤 했다. 문득 쉬는 시간 의자에 앉아 미동도 하지 않은 채 창고 안을 바라보던 김상호의 모습이 떠올랐는데 그들의 태도에는 닮은 구석이 있다는 생각이 들었다. 무언가를 바라볼 때면 마치 다른 세계에 간 것처럼 사라져버리는 느낌이랄까. 나도 점점 그런 인간이 되어가고 있는 것은 아닐까. 이런 얘길 한다면 화진은 좋아할까. 핑크맨은 지금 무슨 생각을 할까. 아무 생각도 하지 않고 가만히 있기는 어려울 것 같았다. 생각이라도 해야 견딜 수 있을 것이다. 그럴 때 다른 사람들은 무슨 생각을 할까. 어쩌면 가만히 있는 게 아닐지도 모르겠다. 움직이는 것들이 멈춰있다고 느낄 때 가만히 있는 것은 대상이 아니라 나의 생각일 것이다. 한때 화진은 연극이나 무용 관련 책을 많이 읽었다. 언젠가 화진은 내게 멈춰선 무용수들에 대한 얘기를 들려주었다. 그들은 움직임이 음악에 종속되어 있다고 느꼈고 음악뿐 아니라 춤이 움직임에 종속되어 있다고 생각했다. 진정 자유로운 안무는 움직임 자체에서도 벗어날 수 있어야 한다고, 그것이 춤의 영역을 넓히는 것이라 생각했고 실제로 그렇게 했다. 그들은 무대에서 더 이상 춤을 추지 않고 멈춰서기 시작했다. 무용수들이 춤을 추지 않고 가만히 서 있기만 하자 공연을 보러온 몇몇 관객이 자기들은 춤을 보러온 것이지 서 있는 모습을 보러온 게 아니라며 환불을 요구하는 소동이 벌어졌다. 아마 제롬 벨Jerome Bel에 대한 이야기였을 것이다. 화진은 자기도 핑크맨이 되고 싶다고 했는데 그녀라면 잘할 수 있을 것 같다고 말해주었다. 그렇게 생각하니 볼수록 핑크맨은 화진같아 보였다. 꿈쩍도 하지 않는 핑크맨을 보며 화진을 불러보았다. 핑크맨은 미동도 하지 않았다. 김상호! 하고 불러보았다. 핑크맨은 움직이지 않았다. 몇 번 더 화진과 김상호를 번갈아 불러보았고 핑크맨의 앞에 서서 그와 혹은 그녀와 혹은 화진과 눈을 맞춰보았지만 도무지 인간과 마주보고 있다는 느낌이 들지 않았다. 핑크맨의 눈은 텅 비어 있었다.

영수증에 나와 있는 것처럼 나도 같은 맥주를 주문했다. 어째서인지 맥주를 마신다는 느낌은 별로 들지 않았다. 나는 자연스럽게 김상호라면 어디에 앉았을지 생각해보았다. 영수증은 외투 안주머니에 있었고 거기엔 내자동에 있는 바에서 맥주를 마신 내용이 적혀 있었다. 바를 찾기는 어렵지 않았다. 김상호도 이 자리에서 혼자 맥주를 마셨겠지. 김상호가 아닐 수도 있지만 상관없었다. 어쩌면 나였을지도 모르겠다. 점점 많은 것을 잊어가고 있다는 느낌이 들었다. 한번은 누군가가 지난밤 TV에서 본 영화에 대해 말해주었는데 무척 흥미로워서 제목을 적어두었다. 그러곤 나중에 핸드폰에 영화 제목을 적어놓은 것도 잊고 있었는데 전에 쓰던 다이어리에서 영화표를 하나 발견했다. 제목을 적어둔 그 영화였고 작년 이맘때쯤 삼성동 메가박스에서 본 것이었는데 아무것도 기억나질 않았다. 삼성동까지 가서 영화를 봤다면 희미한 기억이라도 남아있을 법한데 어떻게 거기까지 갔는지도 알 수 없었다. 영화표의 주인이 내가 아닐지도 모르겠다는 생각도 했지만 왜 내가 보지도 않은 영화 티켓을 가지고 있는지는 더더욱 알 수 없었고 이제는 그 영화가 뭐였는지 그리고 내게 영화 얘기를 들려준 사람이 누구였는지도 모르겠다는 생각이 들었다. 그런 생각을 하며 멍하니 빈 맥주잔을 내려다보고 있는데 아까부터 나를 쳐다보던 주인이 와인 한 병을 내밀었다. 이게 뭐냐고 묻자 그는 저번에 안 드시고 그냥 가셨죠? 하고 말했다. 나는 잠시 주인의 얼굴을 바라보며 질문의 의미에 대해 생각해보았지만 그의 표정에서 아무것도 읽어낼 수 없었다. 그럴 리가 전혀 없고 나는 오늘 여기 처음 온 것이라 말하려 했지만 어쩌면 기억나는 않는 영화표처럼 그럴 가능성도 있지 않을까 하는 생각이 들어서 그냥 어떻게 기억하고 있으신가요? 하고 물어보았다. 그는 벗어놓은 나의 김상호의 혹은 누군가의 갈색 외투를 가리키며 저걸 보니 기억이 난다고 했다. 그가 기억하고 있는 것이 무엇인지, 그의 기억 속의 내가 아닌 나에 대해 알고 싶다는 생각이 들었지만 뭐라 물으면 좋을지 몰라 아무 말도 하지 않았다. 어쩌면 그는 그저 농담을 하는 것인지도 모르겠다는 생각이 들었다. 그는 와인을 지금 바로 마실 건지 물었는데 나는 괜찮다면 그러고 싶다고 했다. 고개를 돌리니 오른쪽 테이블에 앉은 남자의 모습이 보였다. 남자는 손짓을 해가며 뭔가를 설명하고 있었는데 그의 앞에는 아무도 없었고 그걸 보고 있으니 이상한 기분이 들었다. 남자는 무엇을 보고 있는 것일까. 내가 알 수 없는 무언가가 있을지도 모르겠다는 생각이 들었다. 화진은 무엇을 그렇게 열심히 보았던 걸까. 화진에게 전화가 온다면 물어보고 싶었지만 전화는 오지 않았다. 가끔은 화진에게 전화가 오곤 했는데 어디서 거는 건지 번호가 매번 달랐다. 전화를 받을 때마다 어디선가 화진이 나를 보고 있는 게 아닐까 하는 생각이 들었다. 화진의 전화는 언제나 집에서 쉬고 있을 때만 걸려왔고 밥을 먹거나 산책을 하거나 다른 일을 하고 있을 때는 걸려온 적이 없었다. 평소 모르는 번호는 잘 받지 않았는데 이상하게 화진이 거는 전화는 받게 되었다. 어디서인지는 모르겠으나 보고 있을지도 모르겠다는 생각에 화진과 통화할 때면 주변을 유심히 살폈다. 특별한 얘기를 하진 않았던 것 같다. 주로 화진이 말하고 내가 들었다. 적힌 내용을 읽고 있는 것처럼 말투가 단조롭고 일방적이어서 마치 자동응답기와 대화하는 기분이었다. 왜 그랬어야 하는지 알 수는 없지

핑크맨은 핑크맨이(아닐 수도 있)다

만 어쩌면 정말 녹음된 목소리였는지도 모른다. 얘기를 듣다 보면 어느 순간 인사도 없이 전화가 끊겼고 그럴 때면 마치 낯선 곳에 혼자 남겨진 듯한 기분이 들었다. 이번에는 내가 먼저 말을 꺼내고 싶었다. 전에 살던 집에 갔었다는 이야기와 일을 그만두었다는 것, 그리고 핑크맨을 본 것에 대해 말하고 싶었지만 전화는 오지 않았다. 화진에게 편지가 오기도 했는데 갑자기 그것을 읽고 싶었다. 편지를 받으면 나는 읽지도 않고 서랍 속에 넣어놓았다. 가끔은 꺼내서 만져보기도 하고 뜯어서 안에 뭐가 있는지 살펴보기도 했지만 읽지는 않았다. 갖고 있으면 언제든 읽을 수 있으니까 읽지 않았던 것 같다. 조금은 시간이 필요하다고 느꼈는데 여기 앉아 누구 것인지도 알 수 없는 와인을 홀짝거리고 있으니 읽어도 좋을 것 같다는 생각이 들었다. 외투에 있던 영수증을 다시 한번 들여다보았다. 접혀 있는 영수증을 펼쳐 뒤쪽을 보니 작은 글씨로 뭔가가 적혀있었.

반복을 버티자. 그래야 서로를 볼 수 있고 이해에도 가까이 다가설 수 있겠지.

반복에 두 줄이 그어져 있고 그 밑에는 다른 필체로 시간, 이라고 적혀있었다. 글씨를 보고 있으니 오래전에 화진이 내게 했던 말이 생각났다. 그런 말은 쉽게 잊히지 않는 것 같다.

집에 오자마자 서랍 속을 뒤져보았는데 회진의 편지는 어디 갔는지 보이지 않았다. 마지막으로 편지를 받은 것이 언제였던가. 읽질 않았으니 알 수 있는 것이 없었다. 읽었다면 달라졌을까. 아마 달라지지 않았을 거라 생각하면서도 읽고 싶다는 생각이 들었다. 어쩌면 특별한 내용이라곤 전혀 없었을지도 모른다. 아무런 내용도 없는 전화처럼, 거기엔 아무것도 적혀있지 않고 텅 비어있을지도 모르지만 어떤 공백은 그 자체로 하나의 내용이 되기도 하니까 적어도 실체는 있으니까 만져볼 수라도 있을 텐데. 텅 빈 시선이어도 견딜 수 있을 텐데, 없으니까 알고 싶다는 생각이 들었다. 화진은 무엇을 보고 있었을까. 무엇을 썼던 걸까. 묻고 싶었지만 전화는 오지 않았고 아무리 찾아도 편지는 없었다. 전화가 오긴 왔었나. 마지막으로 걸려온 전화에서 화진은 무슨 말을 했었던가. 편지가 사라진 것이 아니라 내가 뭔가를 잊은 것이 아닐까. 있다고 생각했던 편지도 없었고 김상호도 없고 내 생각이 맞는다면 사실 나도 없는 게 아닐까 하는 생각이 들었다.

    그날 밤은 화진에게 편지를 썼다. 간단하게 몇 가지만 쓸 생각이 있는데 쓰다 보니 쓸 얘기가 많았다. 어차피 전달할 수도 없겠지만 그렇기에 더 쓰고 싶었던 것 같다. 편지지가 없어서 노란색 옥스퍼드 노트를 펼쳐 적어나갔는데 6장을 꽉 채우고 말았다. 써놓은 것을 다시 읽어볼 마음이 들지 않아 덮어두고 잠시 엎드렸다. 졸리진 않았고 오히려 정신이 명료해지는 것 같았다. 잠시 후 집 안의 뭔가가 바닥에 떨어지는 소리가 들렸는데 일어나서 확인하고픈 마음은 들지 않았고 대신 떨어질 만한 게 뭐가 있는지 생각해보았다. 세면대 위에 세워둔 면도기였을까 아니면 책상 위에 있던 볼펜이었을까, 집중해보았지만 더는 아무런 소리도 들리지 않았다. 고개를 들어 주변을 살핀 뒤 창문 쪽을 바라보자 화진의 뒷모습이 보였다. 화진은 창밖을 바라보며 미동도 없이 서 있었다. 나는 그 모습을 바라보다가 일어서서 화진의 뒤에 섰다. 그때까지도 화진은 나를 돌아보지 않고 뭔가를 열심히 쳐다보고 있었다. 언제부터 그러고 있었어? 내가 물었지만 화진은 대답하지 않았다. 화진은 양손으로 컵을 쥐고 있었는데 아직 따뜻한지 창에 김이 서렸다. 원두가 남아있었나? 내가 묻자 화진은 대답 없이 고개만 끄덕였다. 내가 보고 있었는데 못 느꼈어? 느꼈어. 그런데 왜 가만히 있었어? 그래야 이름을 불러줄 테니까. 화진이 말했다. 음. 화진은 손이 시린지 컵을 더욱 움켜쥐었다. 뭘 보고 있는 거야? 화진은 대답 없이 시선을 돌려 내 얼굴을 쳐다보았다. 잠이 덜 깬 건지 화진의 눈동자는 초점 없이 텅 비어 보였다. 꿈을 꿨어. 무슨 꿈이었는데? 화진이 꿈 얘길 들려주길 기다리고 있었는데 그녀는 말없이 고개를 돌려 다시 창밖을 바라보았다. 저기 봐. 화진이 컵을 든 채 손가락만으로 어딘가를 가리켰다. 아마 가로등 옆에 세워진 차를 가리키는 것 같았다. 은색의 마세라티였는데 특별할 건 없어 보였다. 그때 어떤 여자가 차가 서 있는 쪽으로 걸어가더니 뒷좌석 문을 열고 안으로 들어갔다. 그러곤 뒤이어 또 다른 여자가 나타나 차에 다가서더니 망설임 없이 문을 열고 뒷좌석으로 들어갔다. 여자들은 어디 면접이라도 보러 가는지 하나같이 정장을 차려입고 있었다. 세 번째 여자도 네 번째 여자도 마찬가지였다. 다섯 번째 여자가 차에 들어가는 것까지 보고 나는 더 자리가 없을 텐데 하는 생각이 들었다. 여섯 번째 여자가 나타나자 내가 말했다. 이젠 자리가 없을 텐데 벌써 다섯 명이나 탔으니. 열한 명째야. 어쩌면 더 탔을 수도 있고. 화진은 아까부터 차에 몇 명이나 타고 있는지 세어보고 있었다고 했다. 어떻게 그렇게 많이 탈 수 있지? 얘기하는 동안 여섯 번째 화진의 기준에선 열한 번째 여자가 문을 열고 들어갔다. 무리하게 타고 있는 듯한 느낌은 전혀 없었다. 처음엔 우스꽝스럽게 느껴졌는데 보고 있자니 무서운 기분이 들었다. 먼저 탄 여자들은 다 어디로 간 것일까? 그때 화진이 앗! 하며 차로 걸어가고 있는 여자를 가리켰다. 저것 봐! 화진은 창밖에 얼굴을 내밀었다. 누군지 모르겠어? 여자는 돌아보지도 않고 성큼성큼 차 안으로 들어가 버렸다. 나는 그때까지도 먼저 차에 탄 여자들은 어디로 갔을지 생각해보고 있었다.

없을지도 모르겠다고 생각했는데 핑크맨은 그때 보았던 자리에 여전히 서 있었고 그걸 보니 정말 인간이 아닐지도 모르겠다는 생각이 들었다. 그렇지만 더 이상 그런 문제가 중요하지 않은 것 같았고 왜 다시 여기까지 왔는지 나 자신도 알 수 없었는데 아마 밤에 썼던 편지들을 그냥 버리기 아까워서 그랬던 것 같다. 나는 핑크맨 앞에 서서 그를 혹은 그녀를 또는 우리일 수도 있는 그것을 바라보며 외투 안 주머니에서 반으로 접힌 6장의 편지를 꺼내 첫 장부터 천천히 읽어주었다. 중간중간 핑크맨을 살펴보았지만 아무런 반응이 없었고 다 읽고 나서도 마찬가지였다. 얼마 동안 그러고 있었는지 알 수 없었으나 목이 말랐고 다리가 아팠다. 다 읽고 나니 마치 내가 있던 곳을 벗어나 어딘가 멀리까지 와버린 것 같은 느낌이 들었고 날씨가

핑크맨은 핑크맨이(아닐 수도 있)다

따뜻해서 코트가 답답하게 느껴졌다. 더 이상 이런 옷을 입을 날씨가 아니라는 생각이 들어 코트를 벗어 근처 벤치에 걸쳐두었다. 그렇게 놔두니 코트가 있어야 할 곳은 원래 그곳인 것처럼 느껴졌다. 앞으로 다신 편지 같은 건 쓰고 싶지 않다는 생각이 들었고 내가 그곳을 떠날 때까지 핑크맨은 눈도 깜박이지 않았다. 돌아서서 걷는 동안 누군가의 시선이 느껴졌지만 나는 돌아보지 않았다.

화진의 답장은 그로부터 한 달이 지난 후에 도착했다. 편지는 우편함에 꽂혀있었고 그날은 면접을 봤던 곳에서 아침 일찍부터 전화가 왔다. 어디시냐고 물었더니 물품관리소라고 했는데 나는 그런 곳에 면접을 봤다는 사실조차 잊고 있었다. 잠이 덜 깨서 그런지 들려오는 목소리가 더욱 비현실적으로 느껴졌다. 위치를 물어보았지만 설명을 들어도 어디인지 기억나지 않았고 기억나는 것이라곤 내가 오랫동안 잠들지 못했으며 지금 이곳은 내 집이 아니라는 사실뿐이었다. 김상호 씨 맞으시죠? 전화를 건 목소리는 다음 달부터 출근할 수 있는지 물었다. 나는 달력을 보았는데 어차피 다른 약속이나 일정 같은 것이 없었기에 하나 마나 한 짓이라는 생각이 들었다. 알겠다고 대답하곤 전화를 끊었지만 어디에도 가지 않을 거라고 생각했다. 그런 전화를 받을 때마다 나는 뭔가 중요한 것을 잊어가고 있구나 하는 느낌이 들었다.

-『아홉 번째 영향력』(2018.05. 발표)

핑크맨은 핑크맨이(아닐 수도 있)다

노트를 펼쳐 첫 장에 날짜를 적고 무엇을 쓰면 좋을지 잠시 생각하다가 이미 내가 쓰고자 하는 모든 일들을 어디선가 읽은 것만 같은 기분이 들었다. 우리는 종종 어둠속에 기꺼이 들어가곤 했다. 우리는 극장과도 같다. 어두워야만 볼 수 있는 것들이 있었다. 가끔 당신의 일기가 읽고 싶었던 것 같다. 눈을 감고 떠올려보았다. 어둠속에서는 그런 시간들이 가능했다. 눈을 감고서도 떠올릴 수 있는 것들은 굳이 적을 필요가 없겠다는 생각이 들었다.

무엇을 쓰면 좋을지 잠시 생각하다가 이미 […] 은 것만 같은 기분이 들었다. 우리 […]다. 어두워야만 […]갔다. 눈을 감

우리는 극장과도 같다

우리는 극장과도 같다

일기와 반일기

　기호는 그것이 이상하다고 했다. 검은색 잉크로 쓴 글씨가 갈색의 유선 몰스킨 노트를 빼곡히 채우고 있었다. 나는 만년필로 쓴 작고 정갈한 글씨를 더듬어보았다. 기호가 이것을 발견한 것은 크리스마스를 앞둔 수요일 밤이었는데 다음 주가 지나고 또 그다음 주가 지나도 노트를 찾으러 오는 사람은 없었다. 손님들에게 혹시 노트를 잃어버리지 않았느냐고 물었지만 다들 잃어버린 것이 없다고 했다. 아무도 잃어버린 사람이 없는데 노트는 있었다. 기호도 예전에 가지고 다니던 다이어리를 잃어버린 적이 있다고 했다. 자신의 기록이 담긴 노트를 잃어버린다는 것은 내가 경험한 시간을 잃어버리는 일이고 감정을 잃어버리는 일이다. 그것이 남에게 보여줄 수 없는 내밀한 기록이라면 더 말할 것도 없었다. 그런 생각을 하며 기호는 노트를 읽기 시작했다. 다른 사람의 일기를 읽는다는 것이 썩 내키진 않았으나 주인을 찾아주기 위해서라도 읽어야겠다고 기호는 생각했다. 읽다 보니 일기 같기도 하고 일기가 아닌 것 같기도 했는데 그런 생각을 하다 보니 일기라는 것이 무엇이고 일기가 아닌 것은 무엇인가 하는 근본적인 고민까지 하게 되었다고 했다. 글로 쓸 수 있는 것만이 일기가 되는가. 기록될 수 없는 것들은 어디로 가는 것일까. 가긴 어딜 가. 일기가 아닌 것들 말이야. 아무 데도 안 가. 그냥 축적되는 거야. 여기에. 나는 기호의 가슴팍을 손가락으로 가리키며 말했다. 그렇게 쌓이다가 나중에 꿈으로 배출되는 거지. 그럼 매일 일기를 쓰는 사람은 꿈을 안 꾸나. 상대적인 거니까. 그러자 기호는 일기도 안 쓰는데 꿈도 안 꾸는 사람은 뭐냐고 물었다. 꿈을 안 꾸는 게 아니라 뭐도 기억을 못 할 뿐이지. 그럼 기억하지 못하는 꿈들은 다 어디로 가는 거냐고 기호가 다시 물었다. 자꾸 가긴 어딜 가. 여기 있잖아. 나는 손가락으로 대리석 바닥을 가리켰다. 여기 있잖아. 나는 맥주잔을 가리켰다. 여기. 여기. 나는 아무 데나 가리켰다. 되지도 않는 대화를 이젠 끝내고 싶다는 생각이었다. 보이지 않지만 없는 건 아냐. 지금도 여기저기 널려있지. 기호는 진지한 표정으로 내가 가리킨 곳들을 천천히 훑어보고는 더 묻지 않았다. 대신 노트의 마지막 부분을 펼쳐 보여주었는데 그것이 기호가 내게 연락한 이유인 것 같았다. 2개월 뒤였다. 오늘이 12월 29일이니까 정확히 말하자면 2016년 3월 1일은 61일 뒤였다. 어떻게

우리는 극장과도 같다

생각해. 기호가 물었다. 2개월 뒤의 일기를 미리 쓰는 사람도 있나. 그건 이상한데. 노트엔 첫 장부터 날짜와 요일이 빠짐 없이 적혀있었다. 누가 놓고 갔는지 모르겠단 말이지? 내가 물었다. 기호는 고개를 저었다. 나는 노트를 발견했다는 구석 자리에 앉아 마치 처음 온 손님처럼 가게를 둘러보았다. 기호가 에스프레소를 넣은 맥주를 가져다 줄 때까지 계속 그러고 있었다.

　기호와 처음 대화했을 때도 그는 이것을 마시고 있었다. 당시 나는 대학을 막 졸업하고 광화문에 있는 카페에서 오후 3시부터 밤 10시까지 일했는데 기호는 주말 저녁에만 일하는 직원이었다. 매니저를 제외하면 직원이라곤 셋뿐인 작은 카페였지만 기호는 내가 쉴 때만 일했기 때문에 마주칠 기회가 많지 않았다. 매니저가 결혼하고 일주일 동안 휴가를 갔을 때, 기호와 내가 가게를 맡았다. 손님이 없는 저녁 시간 때 기호는 종종 맥주에 에스프레소를 넣어 마셨는데 내가 관심을 보이자 내게도 권했다. 알고 보니 기호와 나는 나이가 같았고 심지어 생일도 일주일밖에 차이가 나지 않았다. 기호의 생일이 나보다 일주일 빨랐다. 기호는 문헌정보학과를 졸업했고 나는 국문과를 졸업했으며 둘 다 전에 학교 도서관에서 일해 본 경험이 있었다. 기호는 결코 말수가 많지 않았지만 몇 가지 공통점 덕분에 우리는 큰 어려움 없이 꽤 오랫동안 대화를 이어나갈 수 있었다. 아나키스트들을 위한 바가 필요해. 기호는 입버릇처럼 내게 말했다. 그게 어떤 건데. 너무 세련되지도 않고 너무 소박하지도 않아야 해. 카우리스마키가 소유한 바에 가본 적 있어? 거기가 어딘데? 핀란드. 핀란드라니. 나는 고개를 저었다. 너는 가본 적 있어? 기호도 가본 적이 없다고 했다. 그렇지만 그런 건 중요한 게 아니야. 그의 영화만 봐도 알 수 있으니까. 대신 카우리스마키가 운영하고 있다는 Zetor와 Moscow bar의 사진을 보여주었다. 중요한 건 해방과 공존이야. 무엇으로부터의 해방이고 무엇과의 공존인데? 기호는 대답해주지 않았다. 마치 전시를 보러 간 것처럼 말이야. 영화 바깥의 영화를 보는 것처럼. 설명을 들을수록 알 수 없다는 생각이 들었지만 기호는 확신에 차 있는 것 같았다. 얼마 뒤 기호는 정말 카페를 그만두고 형과 함께 수표동에 작은 바를 열었다. 바 이름은 Aki였는데 묻지 않아도 어디서 따왔는지 알 수 있을 것 같았다. 나는 기호가 그만두고 난 뒤에도 6개월을 더 일했다. 따지고 보니 2년 조금 넘게 일한 것 같다. 카페는 건물주가 계약을 연장하지 않겠다고 통보한 뒤 곧 문을 닫았는데 마지막 날까지 나는 커피를 내렸다. 사장과 함께 처분할 것들과 가져갈 것들을 챙겼다. 15년 동안 자리를 지켜온 카페를 철거하는 데는 채 5일도 걸리지 않았다.

나는 아까부터 노트의 주인이 유리가 아닐까 생각하고 있었다. 비슷한 사람들 사이에서 각자가 타인으로 존재할 수 있는 사회만이 유일하게 살아있는 사회이다, 라고 이오네스코는 썼는데 나는 그 말을 이오네스코가 아닌 유리를 통해 알았다. 꼭 그것 때문만은 아니지만 노트의 주인이 있어야 한다면 그건 유리일 수밖에 없다는 생각이 들었다. 유리가 좋아할 만한 구절들과 뜻을 알 수 없는 스페인어가 곳곳에 적혀있었다. 노트의 마지막 부분을 유심히 살펴보

우리는 극장과도 같다

앉는데 거기엔 구체적인 장소가 명시되어 있었다. 만져보면 뭐라도 알 수 있는 것처럼 광화문 광장이라고 적힌 글씨를 손으로 더듬어 보았다. 날짜를 잘못 썼는데. 월요일이라고 적혀있는 3월 1일의 일기를 가리키며 기호가 말했다.

영화는 유리가 꾸는 꿈

유리의 이름이 유리가 아닐지도 모르겠다는 생각이 든 것은 나중의 일이었다. 트위터 아이디가 유리였기 때문에 그저 유리라고만 생각했다. 내 계정은 비공개였는데 어떻게 알고 친구신청을 했는지 모르겠다. 나는 많은 것을 몰랐고 그 사실을 나중에야 깨달았는데 나중에라도 깨달았으니 다행이라고 할 수 있을까. 유리는 주로 지금 읽고 있는 듯 보이는 책의 구절을 옮겨 적었고 산책할 때 마주치는 고양이들이나 마포대교 근처 혹은 종로의 영화관 사진을 올렸다. 자기 얘기는 거의 쓰지 않았지만 올리는 사진들과 언급하는 책의 부분들만으로 미루어 짐작해 볼 수 있었다. 내가 아는 작가들과 전혀 모르는 작가들. 알지만 읽지 않은 작가들과 모르지만 읽어본 것 같은 작가들. 전혀 모르지만 꼭 읽어보고 싶은 작가들. 알게 되었지만 앞으로 읽지 않을 것 같은 작가들. 이를 닦는 톰 웨이츠. 희곡작가를 꿈꾸는 닐 영. 영화화되지 못한 빈센트 밀레이. 번역된 적 없는 릴리안 기쉬의 자서전. 김춘수보다 멀리 가는 김춘수. 분실된 오가와 신스케의 필름. 머레이 북친의 사회적 생태론과 코뮌주의.

러시아 혁명 100주년 특별전과 포르투갈 영화제. 39번 버스와 탑골공원. 거리에 흩뿌려진 아방가르드. 그리고 퀴어 퍼레이드. 트위터를 통해 유리가 새벽까지 잠들지 못한다는 사실과 언젠가 극장에서 같은 영화를 본 적이 있다는 것을 알게 되었다. 어쩌면 꽤 자주 서로의 곁을 스쳐 지나갔을지도 모르겠다는 생각을 했다. 아주 가끔 유리는 내가 올린 사진에 여긴 어딘가요, 하고 글을 남겼고 나도 궁금했던 사진 속 구절에 이건 무슨 책인가요, 하고 질문했다. 이오네스코예요. 유리가 대답했다.

유리는 잠을 자러 극장에 온다고 했다. 치료를 받고 있기 때문에 잠을 자지 못하는 것 같다고 했는데 생각해보니 잠을 자지 못하게 된 이후부터 치료를 받게 된 것 같기도 하다고 했다. 불면의 이유는 들을 때마다 달랐는데 듣다 보니 그 모든 게 종합된 결과라는 생각이 들었다. 어쨌든 유리는 늘 깨어있었으며 아주 잠깐씩 눈을 감고 몇 분간의 짧은 휴식을 취할 수 있을 뿐이었다. 유리는 이 극장이 아닌 다른 곳에선 잠들지 못했는데 이유를 모르겠다고 말했다. 그것이 유리가 중구에 있는 고전 영화극장에 자주 오는 이유였고 나는 막연히 흑백영화가 주는 특유의 느낌 때문일 거라 생각했는데 말로 잘 설명할 순 없었다. 어쩌면 영화와는 관련이 없을지도 모른다. 내가 영화와 아무 관련이 없는 것처럼. 유리가 유리일지도 모르겠다고 생각한 것은 그녀가 극장 안 로비에 앉아 이오네스코를 읽고 있었기 때문이었다. 얼마 전 유리가 트위터에 이오네스코의 글을 올린 것을 보고 검색해보았기에 표지만 봐도 무슨 책인지 알 수

우리는 극장과도 같다

있었다. 나는 H열 18번 자리에 앉아 F열 17번 자리에서 영화를 보는 유리를 보았다. 자다 깨서 상영 중인 영화를 보면 마치 방금 꾸던 꿈을 보고 있는 기분이에요, 라고 언젠가 유리는 말했다. 나는 유리가 보고 있다는 사실도 깨닫지 못했고 그것이 나를 부르는 것인지도 몰랐다. 맞죠? 유리는 내 트위터 아이디를 말하며 저번에도 그쪽 자리에 앉지 않았었냐고 물었는데 나는 잘 기억나진 않았지만 아마 그랬을 거라고 대답했다. 유리는 매번 F열 17번 좌석에 앉기 때문에 기억한다고 했다. 극장에서 마주칠 때마다 유리는 주로 로비에서 책을 읽고 있거나 노트에 뭔가를 쓰고 있었는데 뭘 그렇게 쓰고 있는지 궁금했지만 물어보진 못했다. 우리는 종종 영화가 시작되기 전이나 끝나고 난 뒤 극장 옆의 스타벅스에서 얘기를 나눴다. 유리는 니카노르 파라의 『시와 반시』 출판기념 낭독회에 오지 않았었냐며 그때 한 스페인어 교수가 자진해서 파라의 시를 원서로 낭독한 뒤 눈물을 흘렸던 것을 기억하냐고 했다. 난 가지 않았기에 기억하고 말고 할 것도 없었지만 교수가 왜 울었는지는 궁금하다고 했더니 유리도 그게 궁금하다고 했다. 다른 건 잘 기억나지 않지만 눈물을 그친 교수가 스페인어를 알게 되면 삶이 조금은 달라지리라 생각했어요, 근데 전 여전히 아무것도 이해하지 못해요. 도대체 뭐가 문제일까요? 라고 떨리는 목소리로 자신에게 질문했던 건 기억난다고 했다. 유리는 다른 사람도 아닌 왜 관객석에 있는 자기에게 그런 질문을 했는지 모르겠으며 질문의 맥락도 잘 이해되지 않았지만 그때 낭독했던 시는 좋았다고 말했다. 나는 그 시가 뭐였는지 물었지만 스페인어 낭독이었기에 유리도 모르겠다고 했다. 어쩌면 좋았던 것은 시가 아니라 낭독자의 목소리와 어조, 분위기였을지도 모르겠어요. 스페인어를 알았으면 달라졌을까요. 그 사람은 왜 자신의 삶이 달라지길 원했을까요. 이후 유리는 아주 잠깐 스페인어를 배웠다며 짧게 무언가를 얘기했다. 무슨 말을 한 건가요. 알아듣지 못하고 내가 물었다. 이야기와 달리 우리는 앞으로 가기 시작한다. 다 잊어버렸어요. 기억나는 건 쓸데없는 것뿐이에요.

　점점 영화보다도 유리를 만나러 극장에 온다는 느낌이 들었는데 만나지 못하는 날도 있었지만 만나는 날이 더 많았다. 주로 영화를 보다가 졸거나 다시 보거나 졸거나 했고 끝나면 극장 밖을 나와 하천 주변을 산책했다. 원래부터 영화에는 별 관심이 없었는데 그건 유리도 마찬가지인 것 같았다. 한번은 무슨 얘길 들었는지 유리는 기분이 상해 보였는데 어떤 사람이 자기에게 시네필이냐고 물었다고 했다. 시네필이라니. 그거 욕 아닌가요? 나는 왜 시네필이 욕이냐고 물었지만 유리는 잘 설명하지 못했고 아무튼 기분이 나빴다고 했다. 유리가 관심 있는 것은 영화라기보다는 공간이었고 영화를 좋아하지 않는다기보다는 2시간짜리 영화를 2시간 동안 봐야 한다는 것이 마음에 들지 않는다고 했다. 유리는 3분 30초짜리 음악을 2시간 동안 듣는다고 했다. 남들이 15분이면 갈 거리를 자기는 3시간 동안 간다고 했다. 남들이 하루면 이해할 수 있는 것을 자기는 일주일 동안 이해해야 한다고 했다. 그래서 잠이 필요해요. 그렇게 말하는 유리의 눈은 거의 감겨있었다. 다음에 또 영화 보러 오실 건가요. 나는 고개를 끄덕였다. 저도 보러 올 거예요. 유리가 말했다.

그날 유리의 트위터에는 한 장의 사진이 올라왔는데 스페인어라 읽을 수는 없었다. 나중에 만나면 무슨 책인지 물어보려 했지만 다음 주가 되어 극장에 갔을 땐 유리를 만나지 못했고 그 다음 주에도 마찬가지였다. 가끔은 영화가 끝나고 프로그래머가 진행하는 GV를 보았다. 학생처럼 보이는 누군가가 손을 들고 일어서서 크리스티앙 메츠가 어떻고 포스트 식민주의가 어떻고 오랫동안 혼자서 뭐라 뭐라 떠들었는데 가만 보니 아까 영화 시작 전에 밖에 앉아 핫도그에 케첩과 머스터드와 그 위에 칠리소스까지 듬뿍 뿌려 단숨에 먹어치우던 남자였다. 나는 문득 배가 고팠고 시네필이란 말은 왜 욕일까 생각해보아도 이유를 알 수 없었지만 오늘은 왠지 알 것 같다는 느낌이 들었다. 나가야겠다고 생각하고 나가기 전 H열 18번 자리에서 F열 17번 자리를 바라보았다. 남자의 질문은 영원히 끝나지 않았을 것 같고 F열 17번 좌석에는 아무도 앉지 않았다.

한 달쯤 지나 고전 영화극장에 다시 갔을 때 매표소 앞에는 폐관을 알리는 안내문이 붙어있었다. 저번주 일요일이 마지막 상영이었다. 매표소 안을 들여다보았지만 아무도 없었고 극장으로 들어가는 입구도 불이 꺼진 채 막혀있었다. 나는 갑작스러운 폐관이 의아스러웠는데 한편으로는 당연한 결과라는 생각이 들었다. 텅 빈 극장에 관객이라곤 유리와 나뿐인 적도 있었다. 몇 명 더 있긴 했던 것 같은데 영화가 끝나고 불이 켜졌을 때 남아있는 사람은 우리뿐이었다. 매표소 앞에는 군밤과 생수를 파는 아저씨가 있었다. 여기 더 안 하는 건가요. 남자는 고개를 끄덕였다. 다른 곳으로 이전했나요.

남자는 고개를 저었다. 제가 구운 군밤은 맛있어요. 잠자코 있던 남자가 말했다. 나는 군밤을 한 봉지 사서 근처 벤치에 앉아 먹었다. 문득 내가 유리에 대해 아는 것이 전혀 없다는 사실을 깨달았다. 이름도 연락처도 사는 곳도 한번도 말하거나 물은 적이 없었다. 트위터에 들어가 보았지만 어째서인지 유리가 전에 올렸던 게시물은 볼 수 없었고 탈퇴한 것인지 검색을 해봐도 유리의 계정은 나오지 않았다. 대신 유리라는 이름의 다른 계정들이 나왔는데 하나씩 살펴보았지만 그 어느 쪽도 내가 아는 유리가 아니었다. 유리의 계정이 삭제된 것은 극장이 문을 닫은 것과 어떤 연관이 있는 걸까. 생각해보았지만 그런 것 같기도 했고 전혀 상관없는 것 같기도 했다. 스페인어를 알았다면 달라졌을까. 이제 와서 내가 궁금하게 여기는 것은 이런 것들이다. 애초에 유리는 나를 어떻게 알아보았을까. 유리는 이제 어디서 잠을 청할까. 어쩌면 영화는 유리가 꾸던 꿈이 아니었을까. 극장이 문을 닫으면 그 꿈은 이제 어디로 가는 것일까.

우리는 극장과도 같다

어쩌다 이런 얘기를 하게 되었는지 모르겠다. 내가 알던 혜원은 술을 거의 마시지 못했는데 오늘은 술을 마셨다. 몇 년 만일까. 따져보면 알 수야 있었겠지만 별로 그러고 싶은 마음이 들지 않았다. 주로 혜원이 질문했고 내가 답했다. 무슨 생각으로 돌아다녔는지 나도 잘 설명할 수 없었다. 광화문 광장은 넓었고 관광객들로 북적이고 있었다. 애초에 누군가를 만날 수 있을 거란 생각은 하지 않았고 아무도 내게 말을 시키지 않았으며 나 역시 아무에게도 말을 걸지 않았다. 그저 머물다 사라지는 사람들을 바라보았다. 유리를 본 것은 광화문 광장을 지나 종각역 쪽으로 가는 신호등 앞에서였다. 내가 본건 뒷모습뿐이었지만 유리임을 알아볼 수 있었는데 어쩌면 들고 있는 책 때문이었는지도 모르겠다. 버스를 타려는 걸까 싶었지만 정류장 앞에서 노선도를 들여다보다가 다시 걷기 시작했다. 유리는 종각역을 지나 간판도 없는 카페로 들어갔다. 좁은 입구와 달리 안은 생각보다 넓어 보였고 나중에 알고 보니 꽤 오래된 카페였는데 그동안 한번도 못 보고 지나쳤다는 것이 이상하게 여겨졌다. 커피 말고 맥주나 위스키 같은 것도 있었다. 가게를 둘러보고 앉아있는 사람들을 살펴보았지만 유리의 모습은 보이지 않았고 일단 자리에 앉아 메뉴판을 몇 번이고 들여다보고 있었는데 저기, 하며 내 이름을 부르는 누군가가 있었다. 혜원은 여전하다는 말이 무색할 정도로 여전해 보였고 나는 그것이 반가웠다. 혜원은 내게 여기서 뭘 하고 있냐고 물었는데 사실 나도 내가 여기서 뭘 하는 건지 잘 몰랐기에 제대로 대답할 수 없었다. 누굴 기다리고 있나요? 나는 아무도 기다리지 않는다고 했다. 근처에 사느냐고 내가 묻자 혜원은 3년 전부터 한성대 입구 쪽에서 친구와 같이 지내고 있다고 했는데 나도 그 근처에서 지낸 지 따져보니 3년쯤 된 것 같았다. 대학을 졸업한 후 한번도 만나지 못했던 혜원은 생각보다 아주 가까이 있었다. 혜원과 나는 같은 대학을 다녔고 그녀가 일 년 후배였지만 나이는 같았다. 내가 동갑이니 편하게 얘기하자고 해도 혜원은 내게 존댓말을 했고 사실 나도 그것이 편했기에 우리는 같이 수업을 들은 2년 남짓한 시간 동안 서로에게 존댓말을 했다. 나는 늘 누군가에게 거리낌 없이 형이나 누나라고 부르는 것이 불편했고 별로 친하지 않은 사람이 내게 동생 어쩌구하며 살갑게 굴려 할 때마다 빌어먹을 혈연, 쓸데없는 가족주의가 모든 문제의 원흉이라는 생각만 들었는데 어쩌면 애매한 존댓말이 확보해준 거리감이 혜원을 더욱더 가깝게 느끼게끔 하는지도 몰랐다. 혜원도 나처럼 일정한 거리를 필요로 하고 있구나. 그래서였을까. 간판도 없는 카페를 나와 쌀국수 집을 거쳐 Aki까지 오는 동안 평소 같았으면 하지 않았을 얘기까지 나는 혜원에게 두서없이 늘어놓았다. 유리에 대해 말하진 않았지만 문을 닫은 극장과 주인을 알 수 없는 노트에 미리 적힌 일기에 대해서는 얘기했다.

혜원은 에스프레소를 넣은 맥주를 입에 머금고 있었다. 기호가 내게 가져다주는 것을 보고 관심을 보이며 같은 것을 마시고 싶다고 했다. 어떻게 생각해요. 혜원은 그 얘기를 들으니 생각나는 것이 있다고 했다. 예전에 좋아하던 남자의 노트를 훔친 적이 있어요. 혜원은 정정하듯 작게 고개를 저으며 누군가에게 이 얘기를 하는 건 처음이라고 했다. 나는 이런 얘기를 듣는 것이 낯설었는데 낯설다기보다는 혜원도 누군가를 좋아할 수 있다는 사실이 새삼스럽게 느껴졌다. 혜원은 그런 일엔 언제나 무관심해 보였고 대학을 다닐 때 한번도 누군가를 좋아하고 있다거나 관심이 있다는 식의 얘기를 한 적이 없었다. 나도 아는 사람이냐고 묻자 그렇다고 했지만 남자의 이름을 말해주진 않았다. 혜원의 말에 따르면 남자는 속을 잘 알 수 없는 사람이었고 같이 수업을 들을 때 출석을 불러도 잘 대답하지 않는 사람이었다. 수업 때도 필기를 전혀 하지 않고 멍하니 칠판만 들여다보았는데 어떤 날엔 강의가 끝난 뒤 교수에게 온갖 질문을 퍼부어대기도 했다. 학교식당 옆 등나무 벤치에 멍하니 앉아 시간을 보내는 남자의 모습을 혜원은 종종 보았다. 그러다 남자가 밥을 먹거나 수업을 듣는 도중에 종종 한 뼘 크기의 작은 갈색 수첩을 꺼내 뭔가를 적는 모습을 보게 되었는데 혜원은 그가 적고 있는 것이 무엇인지 알고 싶었고 그걸 알면 속을 알 수 없는 남자에 대해 알 수 있을지도 모르겠다고 생각했다. 그날 혜원은 학교식당에서 홀로 돈가스를 먹고 있는 남자를 보았다. 다가가서 인사를 할까 하다가 가방에서 노트를 꺼내 뭔가를 적고 있는 모습을 보곤 말을 걸지 않았다. 남자의 뒤에 앉아 혜원은 그가 적고 있는 것이 무엇일까 생각해 보았다. 몇 번이고 다가가서 뭘 적고 있나요? 라고 묻고 싶은 마음이 들었지만 묻게 되면 듣게 될 대답이 혹은 듣지 못할 대답이 두려웠다. 이 부분에서 혜원은 설명하기 어려워했지만 나는 알 수 있을 것 같았다. 그러면서도 어떻게 그런 대담한 행동을 할 수 있었는지 혜원은 자신도 이해할 수 없다고 했다. 남자가 먹다 만 돈가스와 가방을 놔두고 갑자기 자리를 비웠을 때 혜원은 자연스럽게 의자 위에 놓인 남자의 노트를 집어 들어 자신의 가방에 넣었다. 짧은 시간이었고 그 일련의 동작들엔 아무런 망설임도 없었다. 그리고 그날 혜원은 오후 수업을 듣지 않았다. 얼마 동안 혜원은 노트를 펼쳐보지 못했다. 돌려주어야 한다고 생각했다. 아직 읽지 않았으니 돌려

줄 수 있을 것이다. 읽게 되면 돌려줄 수 없을 것 같다는 생각이 들었다. 일주일이 그렇게 갔다. 수업 시간에 만난 남자는 자신이 뭘 잃어버렸는지 모르는 것처럼 굴었다. 그 이후로 혜원은 남자가 가방에서 노트를 꺼내 뭔가를 쓰는 모습을 보지 못했다. 혜원은 혼자 학교식당에서 밥을 먹고 있는 남자에게 말을 걸었고 수업에 관한 얘기를 나눴다. 남자는 교수에 대해 농담을 했고 혜원은 웃었다. 혜원은 앞으로 점심 때 같이 밥을 먹으면 어떻겠냐고 물었고 남자는 좋다고 했다. 그리고 정말 졸업할 때까지 그들은 같이 밥을 먹었다. 혜원은 남자와 처음으로 같이 밥을 먹었던 날 집으로 돌아가서 노트를 읽어보았다. 만져보면 뭐라도 알 수 있는 것처럼 남자의 글씨를 쓰다듬어보았다. 혜원은 종종 남자의 노트를 읽다가 잠이 들곤 했다. 그건 일기장이었어요. 혜원은 그렇게만 말했고 구체적으로 거기 어떤 이야기가 적혀 있었는지는 들을 수 없었지만 알 수 있을 것 같았다. 혜원은 전혀 취하지 않았고 그건 나도 마찬가지였다. 한번은 남자에게 혹시 일기 같은 걸 쓰느냐고 물어본 적이 있다고 했다. 남자는 잠시 뭔가 생각하다가 자기는 일기 같은 건 써본 적이 없다고 답했다고 했다. 그 일기장을 가지고 있는지 내가 묻자 이제는 없다고 했다. 그럼 어디에 있냐고 묻고 싶었지만 생각해보니 별로 알고 싶지 않다는 생각이 들었다. 맥주를 한 잔 더 마시고 싶었다. 나는 혜원이 화장실을 간 사이 맥주를 가져다주러 온 기호에게 그 노트를 다시 보여줄 수 있냐고 물었다. 노트? 기호는 잠시 생각하더니 같이 온 여자가 노트의 주인이냐고 했다. 주인이 누군지는 나도 모르며 대신 미리 적힌 일기 속 장소에 갔다가 근처에서 옛 친구를 만났다고 했다. 근데 그거 네가 가지고 있었던 거 아냐? 기호가 물었다. 나는 노트를 가져가지 않았다고 했다. 기호는 카운터 밑을 뒤적거리더니 내 쪽을 보며 할리우드 배우처럼 과장된 몸짓으로 어깨를 으쓱거렸다. 그 모습을 보고 있으니 문득 간판 없는 카페에 들어갔던 유리는 어디로 사라진 것일까 궁금해졌다. 내가 미래라고 생각했던 것들은 어디로 갔을까. 2년 가까이 만났던 사람과 더는 볼 수 없게 된 다음 날부터 썼던 일기였다. 생전 쓰지도 않던 일기가 왜 갑자기 쓰고 싶어졌는지 모르겠다. 일기를 꾸준히 쓰던 사람이었고 그래서였을까, 꾸준히 일기를 쓰면 나도 조금은 이해해볼 수 있을지도 모르겠다고 생각했었던 것 같다. 그런 마음으로 나는 쓸 수 없었던 것들을 썼고 쓴다고 해서 아무것도 달라지지 않을 것들을 썼다. 쓸 때만은 잠시 잊어볼 수 있었고 버려진다 해도 전혀 아쉬울 것이 없었다. 어차피 오래전에 버려진 말들이었고 버려졌어야 하는 말들이었다. 그런 말들을 나는 하지 못했다. 하고 싶었지만 혜원을 데려다주며 할 얘기는 아니라는 생각이 들었다. 어느새 12시가 넘었고 3월이 되어있었다. 나는 핸드폰으로 날짜를 확인했다. 3월 1일 화요일. 2월 29일이 없었다면 3월 1일은 월요일이었다. 2월 29일이 생일인 사람은 얼마나 억울할까요. 혜원과 함께 한성대입구역에서 내려 집까지 걸어갔다. 혜원은 내게 괜찮겠냐고 물었는데 아마 시간이 늦었는데 괜찮겠냐는 질문인 것 같았다. 나는 괜찮다고 했다. 혜원이 지내는 곳은 내가 사는 곳에서 15분 정도 거리밖에 되지 않았다. 상가가 없는 외진 곳이었다. 밥은 어디서 사 먹느냐고 묻자 혜원은 조금 걸어가면 작은 백반집이 있는데 주로 거기서 점심을 먹고 저녁은 집에서 해 먹는다고 했다. 나도 아는 백반집이었다. 먹는 것도 요샌 귀찮아요. 알약 같은 게 있었으면 좋겠어요. 저쪽에 새로 생긴 식당에 가보셨나요. 나는 가보지 않았다고 했다. 나중에 같이 가볼까요. 내가 물었다. 혜원은 좋다고 했다.

언젠가 같은 질문을 유리에게 했던 기억이 난다. 유리는 일기를 쓰지 않는다고 했다가 어떻게 보면 쓰는 것 같다고도 했다. 그리고 내게도 일기를 쓰느냐고 되물었다. 글을 쓴다는 것은 미래를 위한 것이다. 쓰인 모든 글은 미래를 향해간다. 나는 미래를 믿지 않는다. 믿지 않으면 지속할 수 있다. 나는 쓰지 않는다고 했다. 그러나 혜원의 질문엔 그렇게 대답하지 않았다. 이제 오로지 나만을 위한 글, 나만이 읽을 수 있는 글에 관심이 없다고 답했다. 그리고 잠시 후에 무엇보다 나란 인간에 별로 관심이 없다고 했다. 그럼 소설을 쓰셔야겠네요. 혜원은 그렇게 말하더니 웃으며 가방 속에서 노트를 꺼냈다. 크라프트 포장지에 싸여있었지만 노트라는 것을 알 수 있었다. 선물이에요. 혜원이 말했다. 우리는 같이 점심을 먹고 대학로 근처를 산책한 뒤 동숭동 커피라는 카페에 들어갔다. 일기를 쓰지 않은 지 너무 오래되었다. 카페에서 그동안 혜원이 어떻게 지냈는지를 듣자 뭔가를 쓰고 싶다는 생각이 들었다. 무엇보다 부드러운 가죽으로 싸인 갈색 노트가 무척 마음에 들어서 쓰다듬고 있기만 해도 무언가 쓰고 싶다는 욕구가 생겨났다. 폐관한 중구의 고전 영화 극장은 이제 흔적도 없이 사라졌고 그 자리엔 큰 쇼핑센터가 들어섰다. 여전히 그 앞에서 군밤과 생수, 담배를 파는 남자가 있었다.

우리는 극장과도 같다

나는 가끔 거기서 군밤을 사먹었다. 노트를 펼쳐 첫 장에 날짜를 적고 무엇을 쓰면 좋을지 잠시 생각하다가 이미 내가 쓰고자 하는 모든 일들을 어디선가 읽은 것만 같은 기분이 들었다. 우리는 종종 어둠속에 기꺼이 들어가곤 했다. 우리는 극장과도 같다. 어두워야만 볼 수 있는 것들이 있었다. 가끔 당신의 일기가 읽고 싶었던 것 같다. 눈을 감고 떠올려보았다. 어둠속에서는 그런 시간들이 가능했다. 눈을 감고서도 떠올릴 수 있는 것들은 굳이 적을 필요가 없겠다는 생각이 들었다. 노트를 덮고 나는 이젠 없어진 극장에서 마지막으로 보았던 영화에 대해 잠시 생각해보았다.

- 『다섯 번째 영향력』(2017.04. 발표)

우리는 극장과도 같다

시를 썼는데 한번 읽어볼래?

그가 말했다. 그는 광화문에 있는 이탈리안 레스토랑에서 일했지만 가끔 시도 썼다. 그는 항상 가지고 다니는 낡은 가죽 수첩을 앞치마에 넣고 다니며 파스타 면을 삶거나 파니니를 만드는 중에도 짧은 시를 쓴다고 했다. 그래서인지 그의 오래된 수첩에는 알 수 없는 소스의 얼룩 같은 것이 묻어 있었고 향긋한 냄새가 나는 것 같았다. 가끔 그 시들을 내게 보여주었다. 시들은 두세 줄 정도로 매우 짧았고 주로 음식 재료에 자신의 감정을 투영한 얘기였는데 급하게 썼는지 글씨를 알아보기 힘들었다. 한번은 시를 보고 형식이 특이하며 마치 레시피 같다는 내 감상에 그는 아 그거 말고 시는 이 위에 거, 라고 짚어주었다. 내가 읽은 건 시가 아니라 새우 샐러드 파스타 레시피였다. 그냥 하는 말이 아니라 나는 그의 시가 뛰어나다고 생각했다. 나는 시를 몰랐지만 그의 시는 좋아했다. 그렇지만 오늘 그는 테이블 위에 낡은 수첩 대신 납작한 돌멩이 하나를 꺼냈다. 이게 뭔데? 하는 표정으로 나는 그를 바라보았다.

이번에 쓴 시야.

어느 때보다 진지한 표정으로 그가 말했다.

코코넛 비누

데 한번 읽어볼래?
그는 광화문   한 레스토랑에서 일했지만
                              수첩을 앞치마에 넣고
                      시를 쓴다고

코코넛 비누

여자의 비누는 하나도 팔리지 않았다. 손수 만든 비누였다. 그렇게 쓰여 있었다. 나는 광화문의 한 카페에서 미도의 일이 끝나길 기다리며 여자를 바라보고 있었다. 카페 앞 광장에서는 어제부터 다양한 수제품을 판매하거나 전시하는 마켓이 열리고 있었다. 나는 테이블 옆에 꽂혀있는 철 지난 영화잡지를 뒤적거리며 생각날 때마다 창밖으로 비누 파는 여자를 쳐다보았다. 여자는 불편해 보이는 철제의자에 앉아 뭔가를 펼쳐서 읽고 있는 듯, 자기 무릎만 내려다보고 있었다. 여자의 부스 앞에는 아무도 멈춰 서지 않았다. 여자는 자기가 파는 물건에 전혀 관심이 없는 사람처럼 심지어는 자기가 뭔가를 팔러 왔다는 사실을 잊어버린 사람처럼 무심하게 앉아 있었다. 그런 여자의 태도에는 뭔가 내 시선을 끄는 부분이 있었는데 그것이 무엇인지는 정확히 알 수 없었다. 뭘 보고 있느냐고 미도가 물을 때까지 나는 그것에 대해 생각하고 있었다.

비누를 팔고 있어.
내가 말했다.
어디서?
미도가 물었다. 나는 여자가 있는 쪽을 손가락으로 가리켰다.
저건 향초 아냐?
아니 향초 파는 남자 옆에.
내가 말했다.
아, 하고 미도가 말했다. 비누 필요해?
글쎄 비누라는 건 언제든 필요한 거니까.
한번 가볼까?
미도가 말했다. 나는 고개를 끄덕였다. 그렇지만 미도는 일어서지 않았다. 일하느라 고생했다고 내가 말하자 미도는 별거 아니라는 듯 작게 고개를 젓고는 웃었다. 비누를 파는 여자는 미동도 없이 앉아있었다. 그 모습은 마치 자고 있는 사람처럼 보였다.

―

나도 뭔가를 만들어서 팔 수 있을까?
마켓을 구경하며 미도가 물었다.
뭘 만들고 싶은데?

코코넛 비누

뭐 가방 같은 것도 좋고.

미도는 오른쪽 어깨에 걸치고 있는 에코백을 내게 내밀었다.

이것도 내가 직접 만들었어.

나는 미도의 에코백을 보았다. 흰색 천 위에 검은 글씨로 큼지막하게 Don't Try, 라고 적혀있었다. 나는 그것이 마음에 들었다.

멋진데. 직접 만든 건 줄 몰랐어.

그렇지만 이제는 만들지 않는다고 했다. 이유를 물었지만 미도는 못 들었는지 대답해주지 않았다. 미도는 수제 잼을 파는 부스에 서서 시식용 크래커에 양파 잼을 발라 한입 먹고는 나머지를 내 입에 넣어주었다. 나는 단호박 잼이 더 맛있는 것 같다고 했고 미도는 얼 그레이 잼이 낫다고 했지만 결국 아무것도 사지 않았다. 비누를 파는 여자의 부스는 마켓의 입구 쪽에 있었지만 미도와 나는 거꾸로 한 바퀴를 돌아서 갔다. 여자는 자고 있지 않았다. 책을 보고 있었다. 부스 앞에 가서야 그것을 알 수 있었다. 단 한 종류의 비누가 마치 자를 대고 놓은 것처럼 일정한 간격으로 진열되어 있었다. 그걸 진열이라고 할 수 있을지 모르겠다. 여자에게 시선을 뺏긴 이유를 비로소 알 수 있을 것 같았다. 나는 부스 앞에 서서 비누를 내려다보고 있었지만 여자는 여전히 고개를 숙인 채 아무 말도 하지 않았다. 말을 할 수 있긴 한 걸까 의심스러웠다. 나는 지갑을 꺼내 안을 들여다보았다. 가진 돈은 만 원뿐이었다.

비누를 사고 싶은데요.

내가 말했다.

여자는 고개를 들고 어째서냐고 묻는 듯한 표정으로 나를 바라보았다. 부스에는 비누 가격이 적혀있지 않았다. 여자는 이제야 무슨 말인지 알았다는 듯 책을 덮었다. 만 원을 주고 비누 다섯 개를 샀다. 나는 뭔가 말하고 싶었다.

그런데 이건 무슨 비누인가요?
코코넛 비누예요. 제가 직접 만들었어요.
종류는 이거 하나뿐인가요?
네. 이것뿐이에요.
근데 왜 코코넛인가요? 나는 이것이 멍청한 질문이라고 생각했다.
아. 그건 코코넛은 향이 너무 강하지 않아서요.

여자는 뭔가 더 말하고 싶어 하는 것 같았지만 말해봐야 소용이 없을 거라는 듯 고개를 저었다. 만 원짜리 대화는 그것으로 끝이었고 내가 비누를 사고 싶었던 이유는 여자의 목소리를 듣고 싶어서가 아니었을까 하는 생각이 들었다. 여자는 책 다섯 권은 족히 들어갈 법한 종이봉투에 비누 다섯 개를 담아주었는데 나는 그것이 좀 우스꽝스럽게 느껴졌다. 그동안 미도는 옆 부스에서 향초를 구경하고 있었다. 여자는 기어들어가는 목소리로 고맙다는 말을 하고 내가 돌아서자마자 부스를 정리하기 시작했다. 미도는 내가 비누를 산 것에 대해서 아무런 말도 하지 않았다. 대신 내게 만들어서 팔고 싶은 게 있냐고 물었다. 나는 소설을 쓰고 싶다고 했다.

무슨 소설?

코코넛 비누

편지지에 짧은 소설을 쓰는 거야. 그리고 봉투에 담아서 파는 거지. 봉투 겉면에는 제목이 적혀있어. 그리고 그걸 사면 내가 이름을 적어주는 거야. 누구누구 씨에게. 이런 식으로. 누군가에게 정성껏 쓴 편지를 받는 기분도 들고 좋지 않을까?

근사한 것 같다고, 미도가 말했다. 미도는 아까부터 배가 고프다고 했다. 우리는 밥을 먹으러 가기로 했다.

괜찮을 거 같아. 그거.

미도가 말했다.

뭐가?

그 편지소설 말이야.

음 그런가.

그럼.

근데 생각해보니까 아무도 안 살 거 같아.

왜 그렇게 생각해?

그냥. 그럴 거 같아.

그래도 상관없지 않을까?

상관없다고, 내가 말했다. 미도는 나 같으면 살 것 같은데, 라고 중얼거렸다. 나는 뒤를 돌아 마켓이 열리고 있는 광장 쪽을 쳐다보았는데 비누를 파는 여자의 부스는 이미 사라지고 없었다. 다른 부스는 여전히 물건을 팔고 있었는데 여자의 부스가 놓여있던 자리만이 원래부터 그랬던 것처럼 텅 비어있었다. 비누가 담긴 종이봉투만 부스럭거렸다. 그래도 상관없지 않나 생각했다. 배가 고팠다.

미도와 회기역 근처의 작은 책방에 들러 책을 구경했다. 가는 길에 언젠가 미도와 같이 저녁을 먹었던 우동집이 사라진 것을 보았다. 무슨 공사를 했는지 근처에 벽돌이 나뒹굴고 있었다. 미도와 나는 잠시 그 앞에 서서 뭐가 생길지 추측해보았다. 미도는 작은 바가 생겨도 좋을 것 같다고 했고 나는 햄버거를 파는 가게가 생기면 좋을 것 같다고 했다. 그것은 진심이 아니었지만 어째서인지 그렇게 말했다. 쌓여있는 벽돌들 옆에는 감독관이라고 적힌 안전모가 버려진 것처럼 놓여있었는데 미도는 그걸 보더니 자기 머리에 써보았다. 그러고는 잠시 감독관인 척하다가 나한테도 씌워주며 즐거워했다. 가기 전에 미도는 벽돌 하나를 가방에 넣었다. 그건 왜? 하고 내가 묻자 미도는 그냥 필요할 것 같아서 하고 대답했다.

책방에는 우리뿐이었다. 미도는 아까부터 인문학 코너에 꽂혀있는 책들을 열심히 살펴보고 있었고 나는 일본의 한 사회학자가 쓴 『자결의 역사』라는 중고 책을 뒤적거리고 있었다.

「(…)그렇기에 어떠한 폭력도 정직할 순 없다. 내가 생각하는 자살과 자결의 큰 차이점이 거기에 있다. 자결은 무엇보다 명징한 상태의 각성이 요구된다. 그것은 외부로부터 가해진 폭력이 아니며 스스로에게 가할 수 있는 가장 강력한 종류의 발언권이다. 외부적 폭력을 내부적 폭력으로 전환하는 일이다. 온몸으로 그것을 견딤으로써 다시 그 내부적 폭력을 하나의 메시지로 바꾸는 일이다. (…) 보이지 않는 폭력으로 세상을 갉아먹는 인간들은 항상 폭력적인 영화나 게임 들이 나쁜 영향을 준다고 주장한다. 그렇게 말할 수밖에 없을 것이다. 왜냐하면 그런 식의 눈에 보이는 직접적인 폭력성(이라고 일컬어지는 것들)이 바로 그들의 방패막이기 때문이다. 그러나 여기서 내가 말하고자 하는 것은 그런 것이 아니다.(…)」

책의 서문에는 그렇게 적혀있었다. 미도는 자기가 보던 책을 가져오더니 내게 한 대목을 읽어주었다.

「운율에 맞게 구상되었으면서 나중에 어느 한 구절에서 리듬이 빗나간 글이야말로 우리가 상상할 수 있는 가장 아름다운 산문이다. 그것은 마치 장벽의 갈라진 틈새를 통해 연금술사의 방 안으로 흘러든 빛살이 여러 결정체, 구, 삼각형들이 빛나도록 하는 것과 같다.」[1]

좋은데, 내가 말했다. 나는 아무것도 읽어주지 않았다. 나는 『자결의 역사』를 사기로 했고 미도는 아무것도 사지 않았다. 계산하기 전에 주인이 책에 낙서가 좀 많은데 괜찮겠냐고 물었다. 나는 아무 상관 없다고, 오히려 그래서 좋다고 했다. 가기 전에 주인에게 비누 하나를 선물로 주었다. 그녀는 이런 걸 받아도 될지 모르겠다고 했다. 나는 요 앞에 공사 하는 걸 봤는데 혹시 뭐가 생기는지 아느냐

---

1 발터 벤야민, 『일방통행로 / 사유이미지』, 김영옥 · 윤미애 · 최성만 옮김, 도서출판 길, 2007, 97쪽

고 물어보았다. 그녀는 초밥집이 생긴다는 얘기를 들었다고 했다.

가끔은 여기 가만히 앉아있으면 연극을 하는 느낌이 들어요. 나는 가만히 앉아있고 사람들은 지나가고, 책을 읽고 사람들은 지나가고, 사람들은 지나가는 연기를 하고 나는 여기 앉아서 책을 읽는 연기를 하는 게 아닐까 그런 생각이 들어요.

나는 고개를 끄덕거렸다. 알 것 같아요. 그 말이요, 라고 미도가 말했다. 초밥집이 생기면 같이 가 보실래요? 하고 책방주인이 물었다. 미도와 나는 좋다고 했다.

―

어느 날, 욕실에서 나온 미도가 진지한 표정으로 내게 말했다.

이 비누 있잖아. 좀 이상해.

응? 뭐가?

나는 바닥에 엎드려 『자결의 역사』의 남은 후반부를 읽고 있었다.

열흘 내내 썼는데 조금도 줄어들고 있지 않아. 줄어들기는커녕 오히려.

음. 그렇다면 좋은 비누 아닌가?

내가 말했다.

아닌 것 같아.

미도가 말했다. 왜 아닌 것 같은지 미도는 잘 설명하지 못했다. 미도가 머리를 말리는 동안 나는 다시 책으로 돌아갔다. 사실 책을 읽

코코넛 비누

는다기보다는 군데군데 적힌 낙서를 보고 있었다. 그것이 훨씬 재미있었다.

머저리들만이 이런 책을 읽고 고개를 끄덕거리겠지. 그렇지만 진짜 머저리들은 내가 하는 말이 무슨 말인지도 모를 것이다. 머저리들만이 이해와 납득에 매달리는 법이니까.

낙서는 깨알 같은 글씨로 적혀있었다. 나는 이 낙서를 미도에게 보여주었다. 미도는 읽어보더니 이런 걸 쓰는 사람이 더 머저리 같다고 말했다. 그러고는 나를 보며 자기한테서 무슨 냄새가 나는지 물었다. 나는 미도에게 가까이 갔다. 방금 씻고 나온 미도에게서는 신기할 정도로 아무런 냄새도 나지 않았지만 좋은 냄새가 나는 것 같다고 말했다.

—

시를 썼는데 한번 읽어볼래?
그가 말했다. 그는 광화문에 있는 이탈리안 레스토랑에서 일했지만 가끔 시도 썼다. 그는 낡은 가죽 수첩을 항상 앞치마에 넣고 다니며 파스타 면을 삶거나 그릇을 닦는 중에도 짧은 시를 쓴다고 했다. 그래서인지 그의 오래된 수첩에는 알 수 없는 소스의 얼룩 같은 것이 묻어 있었고 향긋한 냄새가 나는 것 같았다. 가끔 그 시들을 내게 보여주었다. 시들은 두세줄 정도로 매우 짧았고 주로 음식 재

료에 자신의 감정을 투영한 얘기였는데 급하게 썼는지 글씨를 알아보기 힘들었다. 한번은 시를 보고 형식이 특이하며 마치 레시피 같다는 내 감상에 그는 아 그거 말고 시는 이 위에 거, 라고 짚어주었다. 내가 읽은 건 시가 아니라 새우 샐러드 파스타 레시피였다. 그냥 하는 말이 아니라 나는 그의 시가 뛰어나다고 생각했다. 나는 시를 몰랐지만 그의 시는 좋아했다. 그렇지만 오늘 그는 테이블 위에 낡은 수첩 대신 납작한 돌멩이 하나를 꺼냈다. 이게 뭔데? 하는 표정으로 나는 그를 바라보았다.

이번에 쓴 시야.

어느 때보다 진지한 표정으로 그가 말했다. 나는 그가 내민 돌멩이를 집어 들어 보석감정사라도 되는 양 오랫동안 꼼꼼히 살펴보았다. 그것은 어디에서나 볼 수 있는 평범한 돌멩이처럼 보였다. 나는 그의 유머를 받아주기로 했다.

아주 좋은데?

테이블에 조용히 돌멩이를 내려놓고 내가 말했다.

괜찮은 거 같지?

잘은 모르겠지만 여기엔 뭔가 많은 게 담겨있는 것 같아.

그는 고개를 끄덕거렸다. 손으로 쓰지 않았기 때문에 그런 것 같다고 그가 말했다. 그 말을 듣고 나는 가방에서 비누 하나를 꺼내 그에게 선물로 주었다. 그는 내가 준 비누를 마치 비누가 아닌 그 무엇처럼 조심스럽게 살펴보았다.

이거 아주 훌륭한데?

그는 감탄했다.

코코넛 비누

있잖아. 나한테서 무슨 냄새가 나는 것 같아.

　미도가 말했다. 얼마 전부터 미도는 계속 같은 말을 했다.

　나한테서 무슨 냄새가 나는 것 같지 않아?

　나는 고개를 저었다. 아무런 냄새도 나지 않았다. 오히려 너무 아무런 냄새가 나지 않아서 이상하다는 생각이 들었지만 그런 말을 하진 않았다.

　뭔가 끔찍한 냄새가 나.

　방금 씻고 나온 미도가 말했다.

　무슨 냄새?

　미도는 그것이 어떤 종류의 냄새인지 설명하기 어렵다고 했다. 어쩌면 그건 냄새가 아닐지도 모르겠다는 생각이 들었다. 문제는 미도가 아니라 나일지도 모른다. 나는 욕실로 가서 다시 한번 샤워를 했다. 코코넛 비누로 몇 번이고 손을 씻었는데 깨끗해지고 있다기보다는 뭔가 지워지고 있다는 느낌이 들었다. 시를 쓰는 친구와 책방 주인에게 비누를 하나씩 주고 미도에게 하나를 주었다. 그런데 남은 비누는 한 개뿐이었다. 분명 다섯 개를 샀던 것 같은데 하나는 어디로 간 것일까? 아무리 생각해봐도 알 수 없었다. 미도가 말했던 것처럼 비누는 줄지 않았다. 나는 문득 이것이 비누라기보다는 어떤 질문이라는 생각이 들었다.

늘 미도를 기다리던 카페에 앉아 창밖을 바라보았다. 어젯밤 미도는 집에 돌아오지 않았고 전화를 했지만 받지 않았다. 옷도 가방도 그대로 놔둔 채였다. 나는 아침부터 이 자리에 앉아 그것에 대해 생각해보았다. 무척 따뜻한 날씨였고 햇살을 맞으며 나도 모르게 잠깐 졸다가 깨보니 카페 앞 광장에서 마켓이 열리고 있었다. 짧은 꿈을 꾸었는데 어째서 그런 꿈을 꾸었는지 알 수 있을 것 같았다. 미도의 가방을 멘 채 마켓을 천천히 둘러보았다. 왠지 미도의 가방을 갖고 다니면 그녀를 만날 수 있을 거라는 막연한 느낌이 들었다. 그리고 우연히 미도를 만나게 된다면 그녀에게 그 가방이 필요할지도 모르겠다는 생각이 들었다. 그런 생각을 하며 걷고 있는데 저번에 마켓에서 코코넛 비누를 팔던 여자를 보았다. 여자는 그때처럼 고개를 숙인 채 앉아있었고 더 이상 코코넛 비누는 팔지 않는 것 같았다. 여자의 부스엔 손수 만든 엽서와 책갈피, 노트가 놓여있었다. 그것들을 하나씩 살펴보았다. 여자는 뭔가를 읽고 있었는데 그것이 무엇인지는 알 수 없었다. 나는 갈색 편지 봉투와 편지지 세트를 사기로 했다. 거기에 뭔가를 쓰면 좋을 것 같다는 생각이 들었는데 문득 지갑을 안 가져왔다는 것을 깨달았다. 당황스러웠지만 일단 Don't Try, 라고 적힌 미도의 가방에서 지갑을 꺼내 여자에게 만 원을 건넸다. 미도는 지갑도 없이 나간 것이다. 그렇게 생각하니 더욱 이상하게 느껴졌다. 내가 내적갈등을 겪는 동안 여자는 물끄러미 나를 바라보고만 있었다. 계산을 하며 혹시 저번달에도 이 마켓

코코넛 비누

에 참가하지 않았냐고 물어보았다. 여자는 나를 가만히 들여다보더니 고개를 저었다.

혹시 그때 비누를 만들어서 팔지 않으셨나요?

저는 비누를 만들 줄 몰라요.

여자가 대답했다. 나는 그 비누에 대해 질문하고 싶었지만 여자는 정말 아무것도 모르는 것 같았다. 나는 질문을 바꿔 언제까지 마켓에서 물건을 판매하는지 물었다. 여자는 마켓은 5월 15일까지지만 자기는 오늘까지만 참여한다고 대답해주었다. 나는 뭔가 더 중요한 걸 묻고 싶었지만 그게 무엇인지 알 수 없었다. 질문한 건 여자였다. 왜 가방 속에 벽돌을 넣고 다니느냐고 여자는 물었다. 나는 뭐라고 대답하면 좋을지 알 수 없었는데 왜 미도는 계속 가방에 벽돌을 넣고 다녔을까 이제야 궁금해졌다. 벽돌이 든 가방은 전혀 무겁게 느껴지지 않았는데 여자의 말을 듣고서야 그 무게를 느낄 수 있었다. 내가 얼버무리자 여자는 나도 모르는 이유를 알고 있다는 듯 고개를 끄덕거렸다. 그리고는 아까부터 읽고 있었던 책을 내게 보여주었다. 가방에 든 벽돌보다 두툼해 보이는 그 책은 『신사 트리스트럼 섄디의 인생과 생각 이야기』였다.

제가 이걸 읽는 것과 비슷한 이유가 아닐까요?

여자가 물었고 그게 무슨 뜻인지 알 수 없었지만 그럴지도 모르겠다는 의미로 고개를 끄덕거렸다. 아까부터 느끼고 있었는데 여자에게서는 희미한 코코넛 비누 냄새가 났다. 그것이 나한테서 나는 냄새인지 여자에게서 나는 냄새인지 알 수 없었지만 여자인 것 같았다. 미도는 돌아오지 않는 게 아니었다. 그런 생각이 들었다. 사라진 것들은 그런 게 아니었다.

- 『다섯 번째 영향력』(2017.04. 발표)

코코넛 비누

언젠가 인용은 그런 말도 했다. 독자가 없는 소설 같은 건 없다고. 소설은 쓰이는 순간 어떤 식으로든 독자를 만들어 낸다고. 만약 그렇다 하더라도 소설을 쓰는 것으로 먹고 살 순 없지 않으냐고 내가 묻자 인용은 이렇게 답했다. 소설을 쓰는 것만으로 살아갈 수 없다면 스스로 소설이 되면 되는 거야.

그러거나 말거나

그러거나 말거나

1. Qu'est-ce que c'est dégueulasse?

   내가 인용과 이야기한 것은 크리스마스가 지난 다음 주인 2015년 12월 28일 월요일의 일이었다. 날짜를 기억하는 이유는 그 날 내가 일기를 썼기 때문이고 한 출판사에서 진행했던 기초 프랑스어 회화 강좌의 마지막 날이었기 때문이다. 나는 정말 기억하고 싶은 누군가를 만나지 않는 이상 일기를 잘 쓰지 않는데 그 날은 썼다. 프랑스어 강좌는 12월 한 달 동안 출판사가 운영하는 북카페에서 일주일에 세 번, 두 시간씩 진행되었고 처음엔 15명 정도의 수강생이 있었지만 12월 중순부터는 점점 줄어 7, 8명 정도만 남았다.

   거기서 나는 인용을 처음 만났다. 전에도 마주치면 가벼운 인사를 나누긴 했지만 대화를 나눈 것은 그 날이 처음이었다. 나는 북카페 근처 던킨도너츠에서 늦은 점심을 글레이즈드 도넛으로 때우며 지나가는 사람들을 구경하고 있었다. 프랑스어 강좌가 시작하기까지 한 시간 정도 남아있었기에 나는 중반부까지 읽은 슈테판 츠바이크의 『초조한 마음』을 꺼내 펼쳐보았다. 뒷부분이 궁금해서 견딜 수가 없었다. 커피가 다 식는지도 모르고 책을 읽었다. 문득 손목시계를 보니 프랑스어 강좌가 이미 시작되었을 시간이었고 나는 잠시 고민하다가 수업을 포기하고 책의 뒷부분을 마저 읽기로 했다. 나는 그전에 한번도 결석하지 않았는데 마지막 수업은 결석하게 되었고 그건 인용도 마찬가지였다.

　인용이 내게 말을 걸었을 때 나는 다 읽은 책을 차마 덮지 못하고 에디트 당신이 어디에 있든 그곳에서 평안하시길를 생각하고 있었다. 인용은 왜 프랑스어 수업을 듣지 않고 여기서 책을 읽고 있느냐고 물었다. 나는 뭐라 대답하면 좋을지 몰라 그냥 오늘은 듣고 싶지 않았다고 했다. 그 말을 할 때 인용은 슬쩍 내가 펼쳐놓은 책의 표지를 살폈다.

　츠바이크 때문이군요. 그렇죠?

　나는 그렇다고 했다. 사실 인용은 아까부터 나를 알아보았는데 방해하고 싶지 않아서 말을 걸지 않았다고 했다. 내가 책을 읽으며 눈물을 흘리는 모습을 보았겠구나, 문득 그런 생각이 들자 얼굴이 달아올랐다. 나는 재빨리 그럼 왜 당신은 수업을 듣지 않았느냐고 물었다. 어느새 내 앞자리에 자연스럽게 앉은 인용이 자신이 읽고 있던 책을 보여주었다. 그건 장 뤽 고다르의 인터뷰집이었다.

마침 비도 오고 해서요.

인용이 그 말을 하기 전까지 비가 오고 있다는 것도 몰랐는데 비는 오고 있었고 나는 우산이 없었다. 인용도 우산이 없다고 했다. 그렇게 우리는 나가지도 못하고 이런저런 얘기를 나눴다. 인용은 항상 내가 책을 읽고 있는 모습을 보았다고 했다. 사실 나도 인용이 항상 혼자 카페에 앉아 책을 읽고 있는 모습을 보았다. 그런데 왜 프랑스어 회화를 듣게 되었느냐고 인용이 물었다. 뭔가 그럴듯한 대답을 하고 싶었으나 그저 프랑스어가 근사하게 들려서라고밖엔 대답할 수 없었고 나는 전에 보았던 몇몇 프랑스영화를 언급하며 언젠가 꼭 프랑스에 가고 싶다고 했다. 인용은 내가 묻기도 전에 자기도 그런 이유로 프랑스어를 배우고 있다고 답했다. 인용은 프랑스영화를 무척 좋아하는 듯했는데 소위 말하는 누벨바그 영화들, 장 뤽 고다르나 프랑수아 트뤼포, 자크 리베트 그리고 에릭 로메르 같은 감독들에 대한 해박한 지식을 갖고 있었다. 나는 인용이 영화에 가진 관심과 애정에 거의 넋이 나가 연신 고개를 주억거렸다. 인용이 언급한 영화 중 내가 본 것은 거의 없었지만 장 뤽 고다르의 『네 멋대로 해라』는 보았다. 그러다 문득 영화의 이상했던 마지막 장면이 떠올라 그 의미를 물어보았다.

그 마지막 대사[1]는 무슨 뜻이었을까요?

내 질문에 인용은 당연히 자신도 그 의미를 명확히 알 수 없으며 고다르만이 아니 고다르 본인도 알지 못할 거라고 대답했다. 대신 당시 1960년대 프랑스에 등장했던 영화들이 갖는 의미와 브레히트의 소격 효과에서 시작해 알렉산더 아스트뤽의 카메라 만년필

---

1 Qu'est-ce que c'est dégueulasse?

론에 이르기까지 자신의 길고 긴 의견을 들려주었다. 인용은 고다르의 인터뷰집에서 읽었던 고다르의 말들까지 인용하며 내 질문에 답해주었다. 인용에겐 미안한 말이지만 그 긴 설명을 통해 내가 이해한 것은 고다르는 질문했다, 는 것이었다. 관객들이 적극적으로 이것이 영화임을 인식하고 그렇다면 영화란 무엇인가, 질문하길 원했고 텍스트의 해석에 참여하길 원했다, 고 나는 이해했다. 수동에서 능동으로, 정답에서 질문으로, 안에서 밖으로, 그러니까 나에게서 당신으로.

나는 너무도 궁금해져서 물어보았다. 내 질문에 인용은 잠시 생각하더니 자신은 글을 쓴다고 했다. 그렇게 말하고 나서는 고개를 젓더니 사실 그건 적절한 표현이 아니라고 했다. 자기는 글을 쓰지 않고 인용할 뿐이라고 했는데 거기에 무슨 차이가 있는 것인지 잠시 생각해보았다.

2. 당신도 일기를 쓰고 있었구나

어떤 작품을 정말 잘 설명하기 위해서는 작품 전체를 고스란히 다시 쓸 수밖에 없다. 최근에 읽은 책에서 금정연은 그렇게 말했다. 그것이 금정연의 말이었는지 금정연의 인용이었는지는 잘 모르겠다. 인용의 소설을 읽고 들었던 생각이 바로 그것이었다. 처음 읽은 인용의 소설은 A4용지 20장 정도의 중편이었는데 카프카의 『소송』을 자기식대로 고쳐 쓴 것이었다. 고쳐 썼다고는 하지만 제목도 똑같이 『소송』이었고 등장인물도 같았으며 결말도 똑같았다. 단지 인용은 기존 카프카의 소설에서 빼고 싶은 부분은 과감히 생략했고 마지막 요제프 K의 대사도 바꿔버렸다. 내가 기억하는 요제프 K의 마지막 말은 "개 같군."이었는데 인용은 이것을 "나는 정거장이다! 우리 삶은 하나의 정거장이 되어야 한다!"로 고쳤다. 사실 좀 당혹스러웠는데 이 당혹스러움을 어떻게 설명하면 좋을지 알 수가 없었다. 일단 인용의 소설을 소설이라 말할 수 있을까. 인용은 어떤 책을 읽다가 마음에 들면 A4용지에 볼펜으로 처음부터 옮겨 적었는데, 여기까지만 보면 그건 그저 필사였지만 인용은 책의 내용을 그대로 옮기지 않았다. 납득할 수 없는 문장은 자기식대로 바꾸었고, 생략하거나 덧붙였다. 즉 인용의 소설은, 굳이 말하자면 소설이라기보다는 독후감에 가까웠다. 그러니까 이래도 괜찮은 것일까? 이걸 어딘가에 발표하기는 어려울 것 같다고 조심스럽게 말하자 인용은 아무렇지도 않다는 듯, 그럴 생각은 없다고 했다. 나는 발표할 생각도 없고 읽어줄 사람도 없는 글을 왜 그렇게 열심히 쓰는지 궁금했다.

　네가 읽어주잖아.

　그러니까. 나 말고도 더 많은 독자가 있으면 좋지 않을까?

　네가 읽어주는데 뭐.

　그런데 내가 없으면.

　나도 모르게 그렇게 말하다가 입을 다물었다.

　뭐 그러거나 말거나. 읽는 사람이 없으면 없는 거지. 그냥 내가 좋아서 쓰는 거니까.

　그런데 그러면 왜 안 되는 것일까. 어디까지가 창작의 영역이고 어디서부터가 인용의 영역일까. 기존에 있는 것을 다시 쓰면 창작이라 할 수 없는 것일까. 물론 인용은 카프카가 쓴 내용을 똑같이 썼지만 그것은 똑같지 않았다. 카프카의 『소송』은 카프카가 쓴 것이고 인용의 『소송』은 인용이 쓴 것이니까. 인용의 말을 들으며 그 차이에 대해 생각해보다가 요새는 무엇을 읽고 있느냐고 물었다. 인용은 오한기를 읽고 있다고 했다.

오한기를 읽어봤어?

인용이 물었다. 나는 읽어봤다고 했다. 인용은 오한기의 소설을 자기식대로 써보고 싶다고 했다. 인용과 오한기에 대해, 오한기의 『햄버거들』이라는 소설에 대해 이야기하다 보니 갑자기 배가 고파져서 우리는 햄버거를 먹으러 가기로 했다. 근처에 새로 생긴 쉑쉑버거가 있었는데 사람이 너무 많아서 대신 강남 교보문고 앞에 있는 버거킹에서 나는 불고기버거 세트를, 인용은 와퍼 세트를 먹었다. 그리고 거기서 나는 오한기를 보았다. 그가 오한기라고 생각한 데에는 세 가지 이유가 있었다. 첫째로 그는 가슴팍에 홍학이 그려진 티셔츠를 입고 있었고 둘째로 그는 햄버거를 먹으며 로베르토 볼라뇨의 소설 『2666』의 제3권을 읽고 읽었다. 세 번째 이유는 너무도 개인적인 이유라 말로 설명할 수 없지만 아무튼 나는 그가 오한기가 분명하다고 생각했다. 나는 신기한 마음에 인용에게 저기 오한기가 앉아있다고 말해주었다. 인용은 고개를 돌려 그를 아마도 오한기를 쳐다보더니 고개를 저었다.

저 사람은 오한기가 아니야. 얼굴이 달라.

인용은 어떤 잡지에서 오한기의 인터뷰를 읽은 적이 있는데 거기서 그의 사진을 보았다고 했다. 인용은 내게 오한기의 사진을 본 적이 있냐고 물었다. 그러고 보니 나는 오한기가 어떻게 생겼는지 몰랐다. 인용은 내게 한번도 본 적이 없는데 어떻게 저 사람이 오한긴 줄 아느냐고 물었다. 나는 그 세 가지 이유를 말해주었다. 인용은 내 말을 듣더니 고개를 끄덕거렸다.

그러고 보니 저 사람 왠지 낯이 익어.

그러고 나서 한참을 우리는 말없이 햄버거만 먹었다. 콜라를 마시며 남은 감자튀김을 먹고 있는데 갑자기 인용이 말했다.

아. 누군지 기억나. 저 사람 금정연이야.

인용은 내게 금정연을 읽어본 적이 있느냐고 물었다. 나는 읽어보았다고 했다. 나는 금정연의 얼굴을 본 적이 없었지만 인용이 그렇게 말하니까 정말 그가 금정연이라는 생각이 들었다. 인용은 트위터에서 금정연의 사진을 본 적이 있다고 했다. 나는 금정연에게 사인을 받고 싶었는데 책이 없었다. 교보문고가 가까이 있으니 빨리 가서 사 올까 생각하고 있는 사이 내가 오한기라고 생각했던 금정연이 읽던 책을 덮고 뭔가를 쓰기 시작했다. 우리는 말없이 그를 바라보았다. 나는 문득 오한기는 쉑쉑버거를 먹어봤을까? 궁금해졌다. 쉑쉑버거를 먹기 전의 오한기와 먹은 후의 오한기의 작품세계는 분명 달라지겠지, 그런 생각을 하며 콜라를 마시고 있는 동안 금정연은 일어나서 먹은 것을 정리하고 밖으로 나갔다. 그가 나가자 우리도 더 앉아있고 싶은 마음이 들지 않아 일어나기로 했다. 버거킹을 나가기 전, 나는 금정연이 앉았던 자리에서 그가 써놓은 메모를 보았다.

내 글은 진실이다. 진실이 아닌 진실도 있다. 거짓으로 만든 진실도 있다. 더군다나 나는 진실을 추구하지 않는다. 나는 거짓도 추구하지 않는다. 나는 생명을 추구하고 피로 물들어 있다면 녹슨 피와 멍든 내장으로 이루어져 있다면 그게 무엇이든 만날 준비가 돼 있다.

당신도 일기를 쓰고 있었구나. 냅킨에 볼펜으로 적은 메모였는데 그걸 보니 그가 정말 금정연이 맞는 것 같다는 생각이 들었다. 오한기든 금정연이든, 어쩌면 둘 다일지도. 우리 모두의 오한기, 혹은 우리 모두의 금정연. 이를테면 그런 마음으로 나는 사인을 받지 못한 것을 아쉬워하며 인용과 같이 교보문고를 구경하기로 했다.

있잖아. 네 말이 맞는 것 같아.

교보문고에 가는 도중 인용이 말했다. 뭐가 갑자기 맞는다는 것인지 알 수가 없어서 나는 가만히 있었다.

내가 쓰고 있는 건 소설도 뭣도 아냐. 만약 소설을 써야 하는 사람이 있다면 그건 너야. 그런 생각이 들어.

그렇지만 나는 한번도 소설을 써본 적이 없고 앞으로도 그럴 것이라고 말했다. 뭐 그러거나 말거나, 하며 인용은 알아들을 수 없는 프랑스어를 웅얼거렸는데 아마도 어떤 프랑스 영화의 대사를 인용한 말이었을 것이다. 나는 더 이상 프랑스어를 배우지 않았다.

사실 소설을 쓰고 있지?

인용이 물었다. 뜬금없이 그게 무슨 소리냐고 내가 말했다. 인용은 말하지 않아도 알 수 있다고 했다.

소설은커녕 일기도 잘 안 쓰는데….

그러거나 말거나

역시 그랬구나.

인용이 말했다. 뭐가 역시라는 건지. 인용은 졸고 있는 사람처럼 고개만 끄덕거렸다.

원래 소설을 쓰는 사람은 자신이 소설을 쓰고 있다는 인식 없이도 소설을 쓰는 법이니까.

그건 또 누가 한 말이냐고 내가 물었다. 인용은 대답해주지 않았다.

그것이 아직 활자화되지 않았을 뿐 이미 네 태도는 소설처럼 보여.

인용은 잘도 그런 얘길 했다. 인용의 표정이 무척 진지했기에 이번에는 내가 고개를 연방 끄덕거렸다. 누가 말했는지 같은 건 전혀 중요하지 않다고 인용이 말했다. 그날 나는 집에 가서 사인을 받지 못한 금정연의 『서서비행書書飛行』을 다시 좀 읽다가 일기를 썼는데 문득 어쩌면 내가 정말 소설을 쓰고 있었던 게 아닐까 하는 생각이 들었다.

3. 그러거나 말거나

이 세계를 너한테 줄게

나는 인용이 건네준 것을 미처 보지 못하고 그게 무슨 말이냐고 물었다. 인용은 내가 볼 수 있게끔 테이블 위에 라미 만년필과 검은색 몰스킨 노트, 그리고 가죽 장정의 포켓용 성경을 올려놓았다.

이 세 개를 선물로 줄게.

이제 소설은 너의 몫이니까, 라며 인용이 덧붙였다. 나는 낡은 성경을 쓰다듬으며 이런 귀한 걸 받아도 좋을지 모르겠다고 했다. 인용은 어차피 이젠 필요 없는 것들이라고 말했다. 자기가 가는 곳은 이런 것이 필요 없는 곳이라고 했다. 나는 인용이 어디로 가는지 묻지 않았는데 묻지 않아도 알 수 있을 것 같았다.

이 세 개가 필요하게 될 거야.

인용이 말했다. 나는 고맙다고 했다. 나중에야 알게 되었지만 인용의 말은 맞았다. 인용이 가고 난 뒤, 나는 카페에 앉아 전에 인용이 교보문고에서 사주었던 정성일 평론가의 『언젠가 세상은 영화가 될 것이다』를 읽거나 포켓용 성경을 펼쳐 요한복음을 노트에 받아 적거나 하며 시간을 보냈다. 그것이 내가 할 수 있는 소설이었다. 언젠가 세상은 영화가 될 것이다, 라는 제목은 들뢰즈가 했던 말의 인용이다.

그 영화를 사랑하는 건 그 영화가 세상을 다루는 방식을 사랑하는 것이다. 그러므로 그 영화를 사랑하는 건 세상을 사랑하는 그 방법이다, 라는 문장을 읽으며 나는 그렇게 믿으면 세상은 영화가 될 수 있다고 생각했다. 그 믿음이 세상을 영화로 만든다. 그것이 좋은 의미든 나쁜 의미든, 우리는 우리가 믿는 대로 세상을 만들 수 있다.

인용이 내게 준 세 개. 인용의 세계.

나는 정성일의 책을 읽으며 인용이 더 이상 소설을 쓰지 않기로 한 이유를 조금은 알 것 같았다. 이렇게밖에 표현할 수 없는 것이

그러거나 말거나

안타깝지만 인용은 소설이 되었다. 인용은 그곳으로 갔고 쓰지 않아도 되는 곳으로, 더 이상 인용하지 않아도 되는 곳으로 가서 스스로 하나의 믿음이 되었다. 그렇기에 나는 더는 만날 수 없는 인용을 책만 펼치면 볼 수 있게 되었다. 인용은 어디에나 있었다. 모든 말이 인용의 말이었고 인용의 세계였다. 나는 그것들을 받아 적었고 인용이 주었던 몰스킨 노트를 다 쓰고 난 후에는 펼치지 않아도 받아 적을 수 있게 되었다. 소설은 쓰는 것이 아니라 하는 것이다, 라고 했던 인용의 말을 나도 인용하며 인용이 했던 수많은 인용에 대해 생각했다. 이젠 더 이상 구별이 되질 않는다. 인용을 넘어선 인용. 그런 마음으로 나는 그저 내가 할 수 있는 소설을 하며 가끔 인용에 대해, 아니 인용이 내게 미친 영향에 대해 생각해본다. 소설은 내 몫이라고 했던 인용이 어떤 날엔 고맙게 느껴지기도 하고 어떤 날엔 원망스럽기도 했는데 오늘은 고마운 쪽인 것 같다.

 언젠가 인용은 그런 말도 했다. 독자가 없는 소설 같은 건 없다고. 소설은 쓰이는 순간 어떤 식으로든 독자를 만들어 낸다고. 만약 그렇다 하더라도 소설을 쓰는 것으로 먹고 살 순 없지 않으냐고 내가 묻자 인용은 이렇게 답했다.

 소설을 쓰는 것만으로 살아갈 수 없다면 스스로 소설이 되면 되는 거야.

 나는 그 말이 무슨 말인지 몰랐다. 사실 아직도 잘 모르겠다. 소설이 된 인용도 아마 잘 모를 거라고 생각한다. 그게 어떻게 가능하냐고 따져 물으면 인용은 습관처럼 말했다. 뭐 그러거나 말거나. 선물

받은 성경을 펼쳐본다. 요한복음에 이런 것이 적혀있다.

　말씀이 육신이 되어 우리 가운데 거하시매 우리가 그의 영광을 보니 아버지의 독생자의 영광이요 은혜와 진리가 충만하더라.

　책을 펼치면 그곳엔 항상 인용이 있었다. 그렇게 믿으면 나는 많은 것을 볼 수 있었다.

- 『네 번째 영향력』(2017.01. 발표)

그러거나 말거나

주방에 있던 지원이 자꾸 내게 어디 있느냐고 물었다. 나는 방에서 나와 얼굴을 보여주었다. 여기 있어, 내가 가까이서 답했는데도 지원은 자꾸만 물었다.

나 여기 있잖아.

지원의 바로 앞에서 나는 그렇게 말했다.

응. 알아. 아는데 왜 이렇게 목소리가 멀리서 들리는 거야?

나는 지원의 손을 잡고 있었는데 차가워진 것은 손뿐만이 아니었다. 지원은 나보다 내 목소리를 믿고 있었구나.

멀리 가지 마.

멀리 가지도 않았는데 나는 그런 얘기를 들었고 그것이 내가 마지막으로 들을 수 있었던 지원의 정확한 문장이었다. 정작 멀리 간 것은 내가 아니었다.

열두 번째 방

열두 번째 방

 전시는 대학로역 2번 출구에서 5분 거리에 있는 미술관에서 진행되고 있었다. 오늘이 마지막 날이었고 지원을 포함하여 총 5명의 작가가 참여했다. 거의 일 년 만에 온 연락이었는데 나는 지원의 전화를 받지 않았다. 전화번호는 일찍이 삭제했지만 전화가 걸려왔을 때, 보자마자 지원임을 알았다. 번호는 그대로였고 잊었다고 생각했지만 아니었다. 전화를 받지 않자 잠시 후 한 통의 메시지가 왔다. 대학로 근처에서 전시를 하게 되었는데 내가 꼭 보러왔으면 좋겠다는 내용이었고 미술관에 자기는 없을 테니 마주칠 걱정은 안 해도 된다고 했다. 지원은 내가 걱정하는 것이 무엇인지 잘 알고 있었다. 문자의 마지막엔 이렇게 적혀있었.
 그동안 너한테 말할 수 없던 것들, 네가 이해할 수 없다고 했던 것들이 전시를 통해 조금은 설명될 수 있었으면 좋겠어.

사실 나는 갈 생각이 없었는데 지원에겐 미안한 얘기지만 이제 와서 그녀를 이해해보려 노력하고 싶은 마음이 들지 않았다. 날짜를 보니 전시는 이번 달 말까지였고 3주 정도 시간이 있었다. 가지 못할 것 같다고 미안하다고 문자를 보내려 했지만 쉽지 않았다.

평일이라 그런지 사람은 많지 않았다. 여성 아티스트들이 참여한 상처의 해석, 이라는 테마의 전시였고 지원의 작품은 2층에, 김안이라는 작가의 전시와 함께 있었다. 나는 먼저 김안의 작품을 보았다. 재생과 소각이라는 제목이었는데 작가가 12살 때부터 18살 때까지 의붓아버지에게 상습적인 성적 학대를 당했던 경험을 열두 점의 그림으로 표현한 것이었다. 나는 벽에 붙어있는 작가 노트를 꼼꼼하게 읽어보았다. 작가 노트의 마지막엔 이렇게 적혀있었.

나는 종종 철저하게 죽고 싶었고 그 방법을 알아내기 위해 우선 살아있어야겠다고 생각했다.

그녀는 살아있었고, 그림을 그렸다. 그림을 하나하나 보는 데만 거의 한 시간을 보냈다. 덧붙이자면 그림들의 색감은 무척 화려했고 거의 형광에 가까운 연두색을 많이 썼는데 그 색 앞에서 나는 무력해졌다. 아무나 쓸 수 있는 색이 아니라는 생각이 들었다. 다음 전시실에 지원의 작품이 있었다. 제목은 열두 번째 방이었고 전시실에 들어서는 순간, 나는 멈춰 설 수밖에 없었다. 그곳은 그녀의 방이었다. 마지막으로 내가 그 방을 봤을 때와 하나도 달라진 게 없었다. 책장이나 침대의 위치도 똑같았고 심지어 그녀가 듣던 CD와 읽던 책까지 그대로 있었다. 그리고 바닥엔 종이가, 무언가가 적혀

있는 수백 장의 A4용지가 방을 가득 채우고 있었다. 그럴 리 없지만 그녀가 방안 어딘가에서 나를 보고 있을 것만 같았다. 처음으로 그녀의 방에 초대받았던 날처럼 조심스러워져 천천히 방안을 둘러보았다. 전시공간이라는 생각이 전혀 들지 않았고 책장에 꽂혀있는 책을 펼쳐보니 정말 그녀의 필기가 그대로 남아있었다. 언젠가 내가 사주었던 책도 있었다. 책을 도로 꽂아 넣고 바닥에 가득한 종이 중 한 장을 집어 살펴보니 지원의 글씨가 읽을 수도 없을 만큼 빽빽하게 가득 차있었다. 다른 종이도 마찬가지였고 그동안 지원에게선 한번도 들을 수 없었던 어쩌면 내게 수없이 얘기했을지도 모르지만 알아들을 수 없었던 이야기들을 거기서 읽을 수 있었다. 차라리 이것은 투쟁의 기록이었다. 도저히 설명할 수 없는 자신의 질환에 대해 어떻게든 설명해보려고 애쓴 흔적이 지원의 필체에 그대로 묻어났고 글씨를 손으로 더듬고 있으니 그녀의 차가운 손이 만져질 것만 같았다. 나는 거의 바닥에 주저앉아 종이들을 손에 집히는 대로 읽고 또 읽었다. 그렇게 읽어보는 것밖엔 할 수 있는 것이 없다는 생각이 들었다. 언제부터 있었는지 전시관계자처럼 보이는 여자가 내 앞으로 오더니 바닥에 있는 종이 중 무작위로 한 장을 뽑아달라고 했다. 나는 들고 있던 종이를 내밀었다.

　다 읽으셨나요? 여자가 물었다. 나는 고개를 끄덕였다. 그럼 찢어달라고 여자가 부탁했다. 나는 종이를 대충 구겨서 다시 여자에게 내밀었다. 그러자 여자는 작게 그러나 단호하게 고개를 저었다. 찢어주셔야 하는데요. 글씨를 읽을 수 없을 만큼 찢어야 한다고 했다. 찢는다는 행위가 이 전시의 중요한 부분인 것 같았다. 나는 찢었고 여자는 잘게 찢어진 종이를 받아 미리 준비되어 있던 쓰레기통에 넣은 뒤 내게 칼날처럼 날카롭고 깨끗한 A4용지 한 장을 주었다. 나는 종이를 내미는 여자의 오른팔에 적힌 문신을 보고 있었다. 거기엔 어떤 글귀가 적혀있었는데 읽을 순 없었고 아마도 불어인 것 같았다. 몸에 평생을 같이할 문장을 새긴다는 것은 어떤 의미일지 잠시 생각해보았다. 미련 같은 것이 아닐까. 문득 여자가 전시관계자가 아닐지도 모르겠다는 생각이 들었다.

이제 여기다 써주시면 돼요.

어떤 걸 쓰나요?

상처에 대해서요. 어떤 것이든 좋아요. 여자는 책상을 가리키며 말했다. 지원의 책상이었다. 얼마 전까지 지원이 앉았을 책상에 앉아 A4용지를 바라보았다. 한 문장만 써도 좋고 한 페이지를 써도 좋다고 했다.

좀 더 길어도 괜찮나요? 나는 여자가 건네준 볼펜을 거절하며 물었다. 여자는 고개를 끄덕였다. 가방에서 마침 어제 잉크를 가득 채워 넣은 만년필을 꺼냈다.

종이는 얼마든지 있으니까요. 여자가 말했다. 나는 쓰기 시작했고, 쓰고 있는 동안에도 몇 명의 사람들이 지원의 방에 들어왔다 나갔다. 그들은 쓰고 있는 내가 전시의 일부라고 생각하는 것 같았는데 나조차도 그렇게 생각했다. 나는 내가 보러왔던 것이 무엇이었는지도 잊어갔고 쓰다 보니 여기가 어딘지도 잊어갔다. 잊을 수 있는 것은 그런 것들뿐이었다.

열두 번째 방

열두 번째 방

아침이 되어야만 물을 수 있는 것이 있었다. 지원은 그런 것을 물었다. 같이 먹는 아침은 되도록 간편하게 만들었고 단순한 것일수록 질리지 않고 지속될 수 있다고 지원은 생각했다. 베이컨에서 나온 기름이 파프리카에 스며드는 것을 바라보며 나는 뭔가 중요한 것을 떠올렸는데 프라이팬을 내려놓자 그게 뭐였는지 잊어버렸다. 접시에 스크램블드에그와 베이컨을 담고 있는 내 모습을 물끄러미 바라보며 지원은 그런 말을 했다.

갔다 오다니 어딜?

그건 나도 모르지.

지원은 내가 잠꼬대를 한다고 했다. 마치 어딘가에 갔다 온 사람처럼 나는 전혀 기억나질 않았다.

스산한 무지개가 밤에 피었다

밤은 안개에 다가간다

지친 바다는 아름다운 무지개다

뱀의 심장이 호수 속에서 피었다

이게 뭔데?

내가 했던 말이라고 지원이 말했다. 지원이 종이에 적은 문장들을 바라보았다. 이렇게 긴 문장을 말했었나. 만년필로 적은 글씨였고 언젠가 내가 지원에게 선물했던 것이었다. 그게 언제였던가.

전에도 이런 적 있었어?

아니 진희.

잘 생각해봐.

생각을 해봐도 사실 알 수 없는 일이었고 그런데 어쩌면 그랬을 지도 모를 일이었다. 혼자 있을 때는 잠꼬대를 한다 해도 알 수 없었을 테니까. 누군가가 옆에 있을 때만 알 수 있는 것들이 있었고 그랬다면 언제부터였을까. 목소리에 전혀 잠기가 서려 있지 않았기에 갑자기 내가 책을 낭독해주는 것 같았다고 했다. 그런데 지원은 왜 안 자고 있었던 걸까.

그리고 평소 목소리와 뭔가 달랐어. 멀리서 들려오는 것 같은 느낌이랄까.

지원은 대답해주지 않았다. 그러고 보니 지원이 잠든 모습을 본 적이 있었는지 기억나지 않았다. 도대체 지원은 언제 잠드는 걸까. 그런 생각을 하며 나는 다시 한번 문장들을 바라보았다.

읽어 봐줄래?

내가 말했다.

그래.

지원은 읽어주었다. 나는 눈을 감고 지원의 낭독을 들어보았다. 마치 정말 잠든 것처럼 들어보려 했다. 지원의 입에서만 나올 수 있는 목소리였다.

어때?

시 같은걸.

내가 말했다.

내 입에서 나온 말이라고 지원이 말했다.

다음날 아침에도 지원은 내게 자기가 쓴 것을 보여주었고 거기에는 어제처럼 내가 했다는 말이 적혀있었다. 무슨 말을 해야 좋을지 몰라 나는 오렌지주스만 홀짝거렸다. 이번에는 내가 읽어보았다.

어때?

새벽에 들었을 때와는 다른 목소리인걸.

지원이 말했다. 들어본 적 없는 내 목소리에 대해 생각해보았다. 종이에 적힌 지원의 글씨를 손으로 더듬어보았는데 필체가 조금 달라진 것 같다는 생각이 문득 들었다. 펜촉이 바뀐 것일까. 예전 필체는 좀 더 동글동글했던 것 같은데. 어쩌면 별로 달라진 게 없을지도 모른다. 병원이라도 가봐야 하는 게 아닐까 지원은 걱정했지만 그럴 정도의 문제는 아니라고 나는 생각했다. 사실 걱정스러운 쪽은 지원이었다. 언제부터였을까. 지원이 잠들지 못하고 있다는 생각이 들었다. 그날 나는 잠들지 못한 채 지원이 잠을 이루지 못하는 이유에 대해, 그러면서도 왜 내게 전혀 그런 말을 하지 않는가에 대해 생각해보았다. 자고 있어? 깨어있는 것 같은 지원에게 물었지만 마치 잠들어 있는 것처럼 대답은 없었다. 그저 잠결인 듯 천천히 내 손을 잡아주었을 뿐이었다. 손을 잡자 나는 지원이 깨어있다는 사실을 더욱 분명하게 느낄 수 있었다. 그랬는데도 아침에 지원은 내가 한 말이라며 자기가 쓴 것을 보여주었다. 이것으로 자명해졌다. 지원은 내 입을 빌려 시를 쓰고 있었던 것이다. 시는 점점 길어지고 있었고 나는 길어지고 있는 시보다 점점 날카로워지고 있는 지원의 필체가 더 불안하게 느껴졌다. 글씨를 손으로 더듬으며 지원은 왜 나의 입을 빌려서만 시를 쓸 수 있는 것일까, 그런데 이것을 시라고 할 수 있을까, 시가 아니면 무엇일까. 생각하다 그녀가 내 오른손 검지를 자신의 입에 넣었을 때, 내가 피를 흘리고 있다는 것을 깨달았다. 무엇에 베었는지 알지 못했기 때문에 지금 흘리는 것이 피라는 생각은 들지 않았고 오히려 하지 못했던 말들이 응축되고 응축되어 혈관을 흐르다가 새어 나온 것이란 느낌이 들었다. 차갑게 식은 피와 함께 할 말을 삼킨 지원은 앉아서 말없이 무엇인가 쓰기 시작했고 그것을 읽어야겠다는 생각을 나는 차마 하지 못했다. 걱정스러웠지만 그것을 어떻게 표현하면 좋을지 점점 잊어갔다. 지원의 시는 점점 늘어갔고 그녀의 말에 따르면, 그것은 나의 잠꼬대였는데 그게 아니라는 건 그녀도 알고 나도 알았다. 그런데도 우리는 그것을 받아들였다. 이렇게라도 견디고 싶었던 것이 아닐까, 무엇을 견뎌야 하는지도 모르는 채 우리는 견디고 있었던 것이 아닐까. 이것은 결국 누가 먼저 무너지고 있는 우리를 인정할 것인가의 문제였고 가장 먼저 지원의 언어가 무너졌다.

나에게 갈 수 있는 길을 준다면 나에게 가도 돼. 그녀가 말했다. 나는 지원이 하고 싶은 말이 무엇인지 알 수 없었다.

우리가 하고 싶었던 시간을 걸으며 좋은 시간을 말해줘. 나는 천천히 그 말들을 뜯어보았다. 의미망에 걸리지 않는 말들이었고 내가 확실하게 알 수 있었던 것은 지원이 내게 뭔가를 전하고 싶어 한다는 사실뿐이었다. 지원은 주방에서 사과를 자르며 노래를 자르고 있다고 했다. 지원은 커피에 물을 주고 화분을 마셨다. 그래도 그때까진 지원의 말을 조금은 짐작해볼 수 있었다. 주방에 있던 지원이 자꾸 내게 어디 있느냐고 물었다. 나는 방에서 나와 얼굴을 보

열두 번째 방

여주었다. 여기 있어, 가까이서 답했는데도 지원은 자꾸만 물었다.

나 여기 있잖아.

지원의 바로 앞에서 나는 그렇게 말했다.

응. 알아. 아는데 왜 이렇게 목소리가 멀리서 들리는 거야?

나는 지원의 손을 잡고 있었는데 차가워진 것은 손뿐만이 아니었다. 지원은 나보다 내 목소리를 믿고 있었구나.

멀리 가지 마.

멀리 가지도 않았는데 나는 그런 얘기를 들었고 그것이 내가 마지막으로 들을 수 있었던 지원의 정확한 문장이었다. 정작 멀리 간 것은 내가 아니었다.

그 후로 지원은 방에 들어가서 나오지 않았다. 나는 지원이 나오지 않는 방을 오랫동안 바라보았다. 방에 들어가 볼 수도 있었지만 들어가는 법을 잊어버리고 말았다. 내가 할 수 있는 것이라곤 닫힌 방문 앞에 서서 몇 번이고 지원의 이름을 불러보는 것뿐이었다. 이렇게 이름을 불러보았던 것이 언제였지. 마치 우리가 같이 있기라도 했던 것처럼. 이상하게도 지원의 이름을 부르면 부를수록 낯설게 느껴졌고 그녀와 같이 있었다는 사실 자체가 희미해지는 것 같았다. 대답은 없었다. 하지 않던 혼잣말을 하게 되었는데 그 목소리는 내 목소리가 아닌 것 같았다. 지원이라는 이름을 가져오기까지 갈수록 더 많은 시간이 걸렸고 가져온다 해도 그걸 입 밖으로 꺼내기 위해서는 시간보다는 기억이 필요했는데 더 이상 기억에 의존할 수는 없다는 생각이 들었다. 어쩌면 그녀는 잠들었을지도 몰라. 이제야 비로소 잠드는 법을 기억해내 몇 년 동안 이루지 못했던 잠을 몰아서 자고 있는지도 몰라. 만약 그렇다면 그녀가 좋은 꿈을 꾸기를, 잊을 수 없는 것들을 꿈에서만큼은 잠시라도 잊을 수 있기를. 닫힌 방문 앞에 앉아 나는 지원의 시들을 혹은 내 잠꼬대들을 읽고 또 읽었다. 읽을 수 있는 부분이 있었고 읽을 수 없는 부분도 있었으며 읽을 수는 있다 해도 이해할 수는 없으며 반대로 이해할 수는 있었지만 읽을 수는 없는 부분이 있었다. 읽을 수 없다기보다는 느낄 수 없는 부분이 많았다. 닫힌 문에서는 가끔 어떤 소리가 들려왔다.

열두 번째 방

어쩌면 거기서부터 시작된 것인지도 모르겠다. 그날 나는 산울림소극장 반대편에 있는 에티오피아라는 카페에서 아이스 카페라테를 마시며 혜원을 기다리고 있었다. 5월이었지만 이례적으로 더운 날이었고 평일 오후라서 그런지 카페에 손님이라곤 나밖에 없었다. 일이 아직 끝나지 않아서 한 시간쯤 늦어진다는 혜원의 연락을 받고 챙겨온 책을 꺼내 읽기 시작했다. 두 권을 동시에 읽고 있었는데 한 권은 데라야마 슈지의 『책을 버리고 거리로 나가자』였고 다른 하나는 얼마 전 혜원이 선물로 준 레몽 루셀의 『로쿠스 솔루스』였다. 혜원은 이 책이 왠지 나와 닮았다고 했는데 아직 앞부분밖에 읽지 않았지만 이야기는 종잡을 수 없었고 작가는 정신 나간 인간 같았다. 주로 『로쿠스 솔루스』를 읽다가 집중이 잘 안 되면 데라야마 슈지를 펼쳐 아무 데나 읽었다. 그렇게 난잡하게 책을 보다가 무심코 고개를 들었을 때 건너편 미술학원 앞에서 담배를 피우고 있는 여자와 눈이 마주쳤다. 여자는 내 쪽을 보고 있었다. 나는 창을 통해 여자가 연기를 내뿜고 있는 모습을 잠시 바라보았다. 여자가 보고 있는 것이 나인지 아니면 다른 무엇인지 알 수가 없었다. 내가 고개를 숙이고 다시 데라야마 슈지의 책을 뒤적거리기 시작했을 때 누군가가 카페에 들어오는 소리가 들렸다. 발소리는 내 앞에서 멈춰 섰다. 생각보다 일찍 왔구나, 싶었는데 고개를 들자 미술학원 앞에서 담배를 피우던 여자가 내 앞에 서 있었다. 가까이서 보니 여자는 키가 컸고 창밖으로 봤을 때보다 어려 보였다.

저기 혹시 연극 쪽을 공부하시나요?

여자가 물었다. 나는 아니라고 했다. 그러자 여자가 되물었다.

그럼 혹시 오드리 테일러라는 작가를 아시나요?

오드리 테일러요?

잠시 생각해보았지만 들어본 적 없는 작가였다. 나는 여자의 오른팔에 적힌 글귀를 보고 있었다. 어떤 문장이 적혀 있었는데 읽을 수는 없었다. 모르겠다고 내가 답했다. 여자에게선 희미한 박하 향의 담배 냄새가 났다.

그렇군요. 죄송합니다.

그렇게 말하고 여자는 아무 망설임 없이 돌아서서 카페를 나갔다. 걸을 때마다 여자의 철제팔찌가 찰랑거리는 소리가 났다. 나는 여자가 카페를 나간 후 미술학원을 지나 골목으로 유유히 사라질 때까지 그 뒷모습을 바라보았다. 유령이라도 본 것 같았다. 여자는 갑자기 왜 그런 질문을 한 것일까. 내가 읽고 있던 책 때문이었을까.

그럴지도 모르겠다. 테이블 위에는 검은색 노트와 엎어놓은 『로쿠스 솔루스』가 있었고 데라야마 슈지는 내 오른손에 있었다. 연극을 공부하느냐고 물었던 것은 아마 읽고 있던 책 때문이었을 것이다. 그런데 오드리 테일러는 누구지. 희곡작가일까. 만약 내가 오드리 테일러를 알고 있다고 대답했다면 여자는 무슨 말을 더 하려고 했을까. 대충 어디서 들어본 것 같다고 하고 좀 더 대화를 끌어냈으면 어땠을까. 늘 그렇듯 그런 생각은 두 걸음쯤 늦게 찾아왔고 혜원이 올 때까지 나는 여러 가능성을 떠올리고 있었다. 혜원은 한 시간 반이 지나서야 왔다. 미안하다며 자신이 늦게 올 수밖에 없던 이유를 설명해주었는데 그 말을 들으면서도 나는 오드리 테일러에 대해 생각했다. 혜원은 알고 있을지도 모르겠다고 생각했다. 혜원은 프랑스 문학을 전공했고 내가 아는 그 누구보다도 책을 많이 읽는 사람이었다. 이제 혜원은 나에게 프랑스 유학에 관해 이야기하고 있었다.

뭐 누구라고?

오드리 테일러라고 아마 희곡작가인 것 같은데….

혜원은 잠시 생각했다.

오드리 헵번은 아는데.

혜원이 말했다. 나는 대꾸하지 않았다.

글쎄…. 처음 들어보는 이름인데?

나는 혜원에게 아까 있었던 일을 말해주었다. 혜원은 내가 읽고 있던 책을 들여다보더니 레몽 루셀과 레몽 크노에 대해, 왜 크노의 책이 번역되고 있지 않은지에 대해, 에즈라 파운드와 이미지즘 시에 대해, 언제나 그래왔듯 길고 긴 자신의 의견을 늘어놓았다. 내가 이제 시는 안 쓰는 거냐고 묻자 혜원은 읽어줄 사람도 없는 걸 더 이상 쓸 마음이 들지 않는다고 답했다.

나조차도 읽고 싶지 않은걸.

내가 얼마든지 읽어줄게.

내가 말했다.

밤이 다 되어서야 우리는 헤어졌다. 혜원은 버스를 타기 전에 아까 그 작가 이름이 뭐였는지 물었다. 나는 대답해주었다. 혜원은 혼자 뭐라 꿍얼거리더니 마지막으로 책을 너무 많이 보지 말라고 했다. 건강에 안 좋으니까. 나는 그게 누가 할 소리냐 그러는 너는? 이라고 대꾸하고 싶었지만 혜원의 목소리가 어쩐지 측은하게 들려 그냥 고개만 끄덕거렸다. 혜원이 가고 난 뒤에도 나는 한동안 홍대 주변을 돌아다녔다. 그러다가 홍대입구역 4번 출구 근처의 미술학원 앞에 적혀있는 낙서를 보았다. 올 때는 보지 못했던 것이었는데 거기엔 이렇게 쓰여 있었다.

~~AS~~ LIVING AND·DYING
~~ARE~~ CALLED LIFE
LOVE FINALLY BECOMES
COMPLETE AT ITS END

읽을 수 있는 부분은 여기까지였다. 어째서인지 나는 아까 카페에서 내게 말을 걸었던 여자가 이걸 썼을지도 모르겠다고 생각했다.

지워진 부분 때문인지도 모른다. 검색을 해봐도 오드리 테일러라는 작가는 나오지 않았다. 한동안 나는 Audrey Taylor라는 이름을 메모장 한 귀퉁이에 적어놓고 누군가를 만날 때마다 혹시 오드리 테일러라는 작가를 아느냐고 습관처럼 물어보았는데 다들 고개를 저을 뿐 아는 사람은 아무도 없었다.

    내가 오드리 테일러라는 이름을 다시 마주하게 된 것은 그해 겨울, 크리스마스를 얼마 앞둔 어느 날이었다. 눈이 많이 내렸고 아침에 일어나보니 수도관이 얼었는지 세면대에서 물이 나오지 않았다. 나는 네이버 지식인에 동파된 수도관에 관해 검색하다가 혜원이 보낸 메일 한 통을 보았다. 혜원은 내년 초에 프랑스로 간다고 했다. 가기 전에 만나기는 힘들 것 같고 도착해서 편지를 쓰겠다는 내용이었다. 얼마나 오래 있게 될지는 자기도 모르겠다고 했다. 그리고 메일 마지막에 혜원이 알아낸 오드리 테일러라는 작가에 대한 수많은 링크와 자료가 첨부되어 있었다. 혜원은 오래된 문학 잡지들과 논문들을 뒤져 마치 퍼즐을 맞추듯 조금씩 오드리 테일러라는 작가에 대해 알아냈다고 했다. 전부 프랑스어와 영어로 된 내용이었지만 몇몇 부분을 혜원이 번역해놓았다.
    혜원이 알아낸 것을 대충 정리해 보자면, 오드리 테일러는 1903년에 미국 브루클린에서 태어났으며 12살 때 부모가 이혼한 후 프랑스인인 어머니를 따라 몽파르나스로 이주하였다. 부모에 대한 정보는 거의 없고 유복한 가정이라고만 명시되어 있었다. 그때부터 오드리 테일러는 실어증 증세를 보였고 말하는 대신 그림을 그리거나 시를 쓰기 시작했다. 19살 때 이미 그녀는 자신의 첫 시집 『침묵하는 남자들』(1922)을 자비로 출간하였지만 거의 아무런 반응도 얻지 못했다. 대학입학을 포기한 후 20대 초반엔 홀로 미국으로 건너가 브루클린에서 비서 일을 하며 틈틈이 시를 썼다. 그렇게 쓴 두 번째 시집 『은유라는 이름의 모든 것』(1925)을 500부 한정으로 자비 출간하였다. 이 시집 역시 거의 아무런 반응도 얻지 못했으나 하트 크레인[1]이 생전에 그녀의 시집을 읽고 "이런 식으로 언어를 다루는 감각을 나는 어디서도 본적이 없다."고 평한 바 있다. 이후 자신보다 열 살이 많은 회계사 존 오배넌을 좋아하게 되지만 유부남이었던 존이 그녀를 받아주지 않자 돌연 비서 일을 그만두고 1929년 시칠리아로 떠난 후, 생을 마감할 때까지 그곳에 머물렀다. 그렇지만 혜원은 오드리 테일러가 시칠리아로 가게 된 것이 단순히 존 때문으로만 보기는 힘들다고 덧붙였다. 시칠리아에서의 그녀의 행적에 대해서는 알려진 것이 거의 없었다. 그녀의 사후에야 팔레르모의 호텔에 머물며 수없이 많은 파편적인 글과 수백 통의 편지를 썼다는 사실이 비로소 밝혀졌다. 그동안 그녀는 총 열한 번의 자살 시도를 했지만 전부 실패하였고 그럴 때마다 다른 호텔 방을 전전하며 시와 편지 들을 수없이 휘갈겨 썼다. 오드리 테일러의 자살 시도가 존 때문만은 아닐 거라고 혜원은 다시 덧붙이고 있었는데 나는 계속되는 부연이 조금 이상하게 느껴졌다. 열두 번째 자살 시도로 바다에 투신하였고 1934년 5월, 서른 살의 나이로 생을 마감하였다. 그녀가 마지막으로 머물던 팔레르모의 호텔 방엔 피우다 만 체스터필

---

[1] 하트 크레인 Hart Crane (1899~1932). 미국의 시인. 부유한 과자 제조업자의 아들로 태어나 13세 때부터 시를 쓰기 시작하였다. 대학입학을 포기한 후 T.S.엘리엇, 에즈라 파운드, 랭보 등의 영향을 받으며 시를 익혔고 1926년에 첫 시집 『하얀 건물 White Buildings』을 발표했다. 대표작으론 브루클린 다리에서 영감을 받아 쓴 것으로 알려진 『다리 The Bridge』(1930)가 있다. 멕시코의 취재 여행에서 돌아오던 중 카리브해(海)에서 투신자살로 짧은 생을 마감하였다.

드의 잔해들과 빽빽하게 쓰인 수많은 종이가 바닥에 가득했고, 만년필 잉크가 부족했는지 벽에 칼로 긁어서 쓴 글씨가 남아있었는데 그 글씨가 무슨 내용인지는 아무도 알아볼 수 없었다고 한다. 그녀가 사망한 후 5년이 지난 1939년, 앙드레 브르통[2]이 그녀가 프랑스어로 쓴 시를 보고 격찬한 것을 계기로 두 번째 시집 『은유라는 이름의 모든 것』이 프랑스에서 재출간되었다. 몇몇 작가들이 그녀의 작품에 주목하기 시작하였고 특히 데릭 하트필드[3]는 그녀에게 헌정하는 소설을 쓰기도 하였다. 1945년, 프랑스의 한 출판사에서 그녀의 미발표 시들과 편지들을 묶은 책 『열두 번째 방』이 출간되어 초현실주의 문학 잡지에 그녀를 다룬 특집 기사가 쓰이기도 했다.

혜원이 보내준 오드리 테일러의 삶을 읽다보니 문득 생각나는 것이 있었다. 나는 전에 보았던 레몽 루셀의 『로쿠스 솔루스』를 책장에서 꺼내 뒷부분을 펼쳐 옮긴이 후기를 찾아보았다. 거기엔 이렇게 적혀 있었다.

1933년 5월 30일 그는 『나는 어떻게 어떤 종류의 책을 쓰게 되었는가』의 원고를 출판사에 넘기고 샬로트 뒤프렌느와 함께 시칠리아로 떠났다. 이 시점에서 그는 자신의 죽음을 이미 결심했던 것으로 보인다.

---

2 앙드레 브르통 Andre Breton (1896~1966). 초현실주의를 주창한 프랑스의 작가. 1924년 『초현실주의 선언』을 발표. 작품으로 소설 『나자 Nadja』(1928)와 수필집 『연통관 Les Vases Communicants』(1932) 등이 있다.
3 데릭 하트필드 Derek Hartfield (1900~1938). 영미 소설계의 이단아. 형식주의적 글쓰기를 거부하고 모험소설과 괴기소설을 자기만의 방식으로 해석한 작품들로 컬트적인 인기를 끌었다. 대표작으로 『기분이 좋으면 왜 안 되는데? What's wrong about feeling good?』(1936)와 『말조심해 Watch your mouth』(1937) 등이 있다. 1938년, 어머니가 사망하자 돌연 엠파이어 스테이트 빌딩 옥상에서 뛰어내려 유명을 달리하였다.

팔레르모 호텔에서 그는 여러 번 자살의 시도를 했고 그때마다 샬로트의 제지로 간신히 위기를 벗어나곤 했다. 결국에는 그녀의 탄원을 받아들여 자신의 수면제 중독을 치료하기 위해 스위스의 요양원에 가는 것에 동의했다. 하지만 스위스로 떠나기로 한 날인 7월 15일 아침 그는 죽은 채로 발견되었다. 그의 나이 56세였다.[4]

레몽 루셀이 자살한 후 일 년 뒤에 같은 곳에서 오드리 테일러도 자살하였다. 물론 우연의 일치겠지만 나는 그 부분에 대해 잠시 생각해보았다. 몇 번의 자살 시도 뒤에 그들은 팔레르모 거리의 어딘가에서 스쳐 지나갔을지도 모른다. 어쩌면 정말 마주쳐서 몇 마디 말을 주고받았을 수도 있다. 아니 어쩌면 그들은 서로가 가진 죽음의 그림자를 누구보다도 더 잘 느끼고 이해할 수 있었기 때문에 그들 자신의 죽음을 돕기 위하여 아무런 말도 하지 않고 지나갔을지도 모르겠다는 생각이 들었다.

한 가지 덧붙이자면 혜원의 편지는 오지 않았다. 내가 뒤늦게 오드리 테일러의 자료를 찾아줘서 고맙다고 메일을 보냈지만 혜원은 답장하지 않았다. 프랑스에 잘 도착하긴 한 것일까? 그 이후 나는 꽤 오랜 시간 동안 혜원의 편지를 기다리며 그녀에 대해 크게는 세 가지 궁금증을 번갈아가며 생각하거나 키워갔는데 그 궁금증이란 것은 첫째로 내게 레몽 루셀의 『로쿠스 솔루스』를 선물로 준 이유가 무엇인지, 이 책이 나와 닮았다는 것이 무슨 의미인지, 둘째로 혜원이 오드리 테일러에 대해 이토록 몰두하는 이유가 무엇인지(이 질문은 사실 나에게도 해당하는 것이었다), 마지막으로는 혜원의 편지

---

4 레몽 루셀, 『로쿠스 솔루스』, 오종은 옮김, 이모션북스, 2014, 365쪽

에 대해서인데 이것은 사실 생각할수록 궁금증이라기보다는 원망에 해당하는 문제인 것 같았다. 일 년이라는 시간이 지난 뒤, 내가 서른 살이 되어서야 비로소 프랑스에서 날아온 한 통의 편지를 받을 수 있었다. 오드리 테일러가 자살했던 바로 그 나이였고, 나는 아직 살아있었다. 얼마나 많은 곳을 거쳐 여기까지 왔는지 모서리가 닳은 두툼한 서류봉투 안에 한 권의 책과 함께 혜원의 편지가 들어있었다. 편지에서 혜원은 프랑스엔 잘 도착했는지, 그동안 어떻게 지냈는지에 대해 한마디 언급도 없었을 뿐만 아니라 내 질문들에 대해서도 전혀 답해주지 않았는데 나는 그것이 조금 이상하게 느껴졌다. 혜원은 그저 내 서른 살 생일을 축하한다는 짧은 인사와 함께 편지를 받았을 때 이미 내 생일은 한 달 반이나 지난 뒤였다 다짜고짜 오드리 테일러의 유서에 대해 언급하고 있었다. 그것은 존 오배넌에게 쓴 편지였다. 존 오배넌은 한번도 오드리 테일러에게 답장하지 않았고 혹은 할 수 없었고 그녀가 죽고 난 후 거의 십 년이 지난 뒤에야 다락방에 보관하고 있던 수백 통의 편지를 공개했다. 그 편지 중의 일부가 『열두 번째 방』에 실려 있었다. 날짜를 따져보면 그 편지는 그녀가 바다에 투신하기 3일 전에 쓴 것이었다. 따로 유서를 쓰지 않았기 때문에 존 오배넌에게 쓴 편지가 곧 그녀의 유서가 되었다. 혜원이 편지와 함께 보내준 책이 바로 오드리 테일러의 『열두 번째 방』이었다. 프랑스판이었기 때문에 읽어볼 순 없었지만 혜원은 이 책의 마지막 부분, 즉 오드리 테일러의 유서라 할 수 있는 편지를 번역해 적어놓았다. 다 읽고 나서 나는 사실 좀 걱정스러웠다. 아주 오래전에 쓰인 것처럼 편지지는 색이 완전 바랬고 희미한 담배 냄새가 났으며 급하게 쓴 듯 뒤로 갈수록 필체는 날카롭고 알아볼 수 없을 정도로 휘갈겨져 있었다. 나는 지금 하는 생각들이 착각이길 바라며 혜원의 문장들에서 내가 읽을 수 없게 감춰둔 부분들을 찾아보려 노력했다.

혜원의 번역에 따르자면, 편지의 마지막엔 이렇게 적혀있다.

(…) 이걸 부칠 수나 있을지 모르겠지만 더 이상 편지 쓰지 않겠어요. 이것으로 마지막입니다. 기다리는 것에도 잊히는 것에도 익숙합니다. 그렇지만 익숙하다고 해서 언제까지고 견딜 수 있는 것은 아니라는 생각이 드네요. 당신을 원망하고 있는 것은 아닙니다. 그것만은 확실히 밝히고 싶네요. 쓸데없이 감상적으로 되고 싶진 않군요. 언제까지고 건강하세요. 지금까지 힘드셨다면 당신의 고통까지 제가 가지고 갈 생각입니다.

늘 당신을 생각하며
오드리

P.S. 다 읽고 난 뒤에 이걸 찢어 버려 주세요. 꼭 찢어서 버려주시길 부탁드려요.

- 『네 번째 영향력』(2017.01. 발표)

열두 번째 방

여자는 피자를 좋아한다고 했다. 기다려도 오지 않는 것들이 있는데 피자는 주문하면 정말 오잖아요. 피자가 와줬으면 좋겠다, 싶어서 시키면 정말 와요. 그게 너무 좋아요. 여자는 정말 즐거운 듯 양손을 벌린 채(아마 손으로 피자 모양을 만든 것 같았다) 웃으며 말했다. 나도 덩달아 즐거워져 그럼요, 그렇죠, 하며 고개를 끄덕거렸다. 그런데 왜 아까부터 기차는 가지 않는 건가요? 저는 잘 몰라요. 언제나 상상보다는 기다림에 의존하거든요. 여자는 자리로 돌아가 피자를 먹기 시작했다.

어둠보다 큰,

...로 피자 노...그럼요, 그렇죠, 하며 고개를 끄덕... ...지 않는 건가요? 저는 잘 몰라요. 언제나 상상... ...기다림에 의존하거든요. 여자는 자리로 돌아가 피자를 먹기 시작했다.

어둠보다 큰.

노크 소리가 들린 것은 새벽 2시가 넘어서였다. 그것이 우리 집 문에서 나는 소리라는 걸 깨닫기까지는 약간의 시간이 필요했다. 다시 노크 소리가 들렸을 때, 나는 일어서지 않을 수 없었다. 집을 잘못 찾은 취객쯤 되는 인간이 밖에 서 있을 것이라 생각하며 벗어놓은 청바지를 꿰어 입고 문 앞에 섰을 때 들려온 것은 여자의 목소리였다. 여자는 내 이름을 부르고 있었다. 문을 열자 밖에는 안이 있었다. 안은 내가 마지막으로 봤을 때보다 수척해 보였고 허리까지 내려온 머리를 하나로 묶었으며 감색 치마에 가벼워 보이는 운동화를 신고 있었다. 순간 나는 안이 어딘가 많이 아픈지도 모르겠다는 생각이 들었다. 현관문을 열어놓은 채 고개를 숙이고 머리를 만지작거렸다. 지금 내 몰골은 그다지 자랑할 만한 것이 못되었다.

미안한데 나 좀 도와줄 수 있어?

처참했을 내 몰골에도 아랑곳하지 않고 안이 말했다.

뭘?

미안한데 내가 지금 사정을 설명하기가 좀 어려워.

적어도 뭔지는 알아야 도와주든지 말든지 할 수 있을 거 아냐.

물건을 좀 옮겨야 해. 그게 다야.

뭘 얼마나?

많진 않아. 나랑 같이 차를 타고 가서 트렁크 안에 있는 걸 옮겨주기만 하면 돼. 운전은 내가 할 거고 한 시간도 안 걸릴 거야.

운전? 운전면허는 언제 땄어?

여기서 모든 걸 설명할 수는 없어. 갑작스럽다는 건 알지만 지금 같이 가줄 수 있어?

안은 내가 계속 질문을 하면 그냥 돌아갈 수밖에 없다고 했다. 이미 깨버린 잠이었고 안의 절박함에는 이유가 있을 것이라 생각했다. 세수를 하고 안을 따라 슈퍼마켓 앞까지 걸었다. 거기에는 매끈한 은색의 SM7이 서 있었다. 안이 트렁크를 열자 두 개의 자루가 보였다. 자루는 원두를 담던 것이었는지 Kenya Specialty라고 쓰여 있었고 밑부분은 어두워서 fresh roasted까지밖에 읽을 수 없었다. 뒷좌석에는 작은 크기의 자루가 하나 있었다. 총 세 개의 자루였다. 나는 조수석에 앉아 안이 능숙하게 운전하는 모습을 지켜보다가 창문을 조금 열어도 되냐고 물었다. 4월의 밤공기는 차갑지 않았고 시원한 바람이 머리를 훑고 지나가자 조금은 이성적으로 생각해 볼 수 있었다. 나는 이런 안의 태도가 낯설었다. 내가 아는 안

어둠보다 큰,

은 남에게 피해 주는 것을 싫어했다. 안이 누군가에게 부탁하는 것을 나는 한번도 본 적이 없었다. 처음부터 남에게 피해 줄 만한 상황이 생길 여지를 주지 않았는데 그것에 관한 한 안은 철저했다. 거의 1년 만이었고 물어보고 싶은 것이 많았는데 뭘 어디서부터 시작하면 좋을지 알 수 없었다.

차는 언제 산 거야?

안은 대꾸하지 않았다. 나는 아무것도 묻지 말아 달라는 안의 말이 떠올라 잠자코 있기로 했다. 차 안은 깨끗했고 희미한 아세톤 냄새가 났다. 안의 삶에 대해 추측해볼 만한 것이라고는 아무것도 없었고 뜯지 않은 자일리톨 껌 한 통만이 콘솔박스 안에 들어있었다. 내가 아는 안은 껌을 씹지 않았는데 그럼 이건 누구의 것일까, 생각했다.

이거 내 차 아냐.

안이 말했다.

그리고 6개월 전에 운전면허 땄어.

그랬구나.

설명도 없이 갑작스럽게 미안해. 네가 어떻게 생각할지 모르겠지만 진심으로 고맙게 생각하고 있어. 미안하고 고마워.

안이 진심으로 미안해하고 있다는 것을 목소리에서 느낄 수 있었고 나는 뭐라 하면 좋을지 몰라 그저 고개만 끄덕거렸다. 15분쯤 지나 차는 사립대학교 뒤의 등산로에 멈춰 섰다. 전에도 한 번 와본 적 있는 곳이었다. 안은 차에서 내려 트렁크를 열고 잠깐 기다려달라고 한 뒤 민첩한 걸음으로 산책로를 따라 사라졌다. 나는 차에서 내려 트렁크에 있는 자루를 다시 한번 보았다. 주변이 어두워서 윤곽만 볼 수 있었고 핸드폰 불빛으로 자루를 자세히 살펴보려 했을 때, 안이 돌아와 트렁크 안의 자루부터 옮기자고 했다. 같이 들자고 했으나 나는 혼자 드는 게 편하다고 했다. 안은 어디서 났는지 내게 목장갑을 건넸다.

자루는 무거웠고 느낌상 25킬로그램은 족히 될 것 같았다. 자루를 들고 안의 뒤를 따라 산에 올라가며 이 안에 뭐가 있을지 짐작해 보았다. 이마에 따뜻한 땀이 맺혔고 손이 미끄러워 중간에 두 번쯤 멈춰 서야 했다. 주변이 어두웠기에 안의 핸드폰 불빛을 따라 발밑만 보며 걸어야 했다. 불빛이 멈춘 자리에는 미리 파 둔 두 개의 구덩이가 있었는데 그걸 내려다보고 있으니 푹 꺼진 누군가의 두 눈 같다는 생각이 들었다. 모든 걸 삼켜버릴 수 있는 눈. 그런 생각을 하며 알 수 없는 자루를 알맞은 깊이의 구덩이에 집어넣었다. 이 안에 든 것이 무엇일까 생각해 보았지만 짐작조차 가지 않았고 느낌으로는 종이뭉치들이 잔뜩 들어있는 것 같았다. 두 번째 자루도 똑같이 무거웠다. 내 착각인지도 모르지만 두 번째 자루를 들고 가면서는 희미한 커피 향을 맡았다. 자루가 움직일 때마다 고소한 향이 났다. 분명 원두를 담던 자루였을 거라 생각했고 두 번째 자루에도 종이뭉치들이 가득 담겨있는 것 같은 느낌이 들었다. 자루를 다른 구덩이에 마저 넣으면서 나는 내내 커피 생각을 했다. 푹신한 소파에 몸을 묻은 채 따뜻한 커피를 마시며 눈을 감고 싶었고 그러면 내가 이해할 수 없는 많은 것들을 천천히 생각해볼 수 있을 것 같았다.

미리 놓아 둔 듯한 삽으로 두 개의 구덩이를 메우고 안을 따라 산

어둠보다 큰,

에서 내려왔다. 그동안 안은 별다른 말을 하지 않았다. 구덩이를 가리키며 여기야, 라거나 어두우니까 조심해, 같은 말을 했을 뿐이었다. 나 역시 별다른 말을 하지 않았다. 그저 자루를 나르고 삽으로 흙을 퍼서 구덩이를 메웠다. 땀이 식자 몸에 한기가 돌았다. 마치 누군가의 비밀스러운 장례를 치르고 있는 것만 같았고 애도할 수 있는 사람은 나밖에 없다는 생각이 들었는데 어째서 그런 기분이 드는 것인지 알 수 없었기에 안에게는 아무런 말도 하지 않았다. 차에는 아직 한 개의 자루가 남아있었다. 안은 뒷좌석에 있는 자루를 꺼낸 뒤 내 손에 있던 삽을 가로챘다. 자루를 들어주려 했으나 안은 고개를 저었다. 남은 자루는 안이 혼자 들기에 충분한 듯 보였다. 나는 조수석에서 안이 돌아오길 기다렸다. 마지막 자루는 앞의 두 자루와는 달리 얇은 자루의 촉감을 뚫고 이미 소멸하였으나 희미하게 남아있는 생명의 여운 같은 것이 느껴졌는데 그것에 대해 생각하는 동안 안은 텅 빈 손으로 돌아왔다.

집까지 데려다줄게.

안이 말했다.

자고 있었을 텐데 미안해. 오랜만에 만나서 갑작스럽게 산에나 데려오고.

으흠.

네가 생각하는 그런 건 아냐. 처음부터 설명해주고 싶은데 어디서부터 얘기를 하면 좋을지 모르겠어. 나도 이런 일은 처음이라 잘 믿기지가 않아서. 좀 어려워.

으흠.

나는 잠시 머리를 기댄 채 눈을 감았다. 졸리지는 않았다. 단지 아까 맡았던 커피 향이 맴돌았다. 만약 내가 집에 없었으면 어떻게 할 생각이었냐고 묻자 안은 내가 집에 있을 줄 알고 있었다고 했다. 나는 양 손바닥을 내려다보았다. 책일까. 만약 돈이라면 대충 얼마쯤 될까. 25킬로그램의 돈다발. 돈이 아니라면 무엇일까. 일기장이나 편지. 25킬로그램의 편지. 자루가 두 개니까 50킬로그램의 편지. 어쩌면 그 안에 종이뭉치가 들어있다는 것도 내 착각일지 모르며 그 무엇도 확신할 수 없다는 생각이 들었다. 육중한 자루만큼의 무게가 머리를 짓누르고 있는 것만 같았다.

네가 생각하고 있는 그런 건 아니야. 이상한 생각을 하는 것도 무리는 아니지만.

안은 마치 내 머릿속을 들여다보고 있었던 것처럼 말했다.

아무 생각도 안 했는데.

설명을 못 해줘서 미안해.

설명하기 어려운 건 너도 지금의 상황을 이해할 수 없기 때문이라는 거지?

맞아.

일반적인 상식의 수준을 벗어난다는 거야?

일반적인 상식으로는 설명할 수 없는 것들이 더 많으니까.

이를테면?

이를테면.

안은 잠시 말이 없었다.

예전에 더 웬즈데이라는 잡지에서 봤는데 캘리포니아에서 부인과 이혼하고 혼자 살던 어떤 남자가 전 부인과 8살 된 어린 딸이 괴한에게 무참히 살해당하고 시신은 뒷마당에 파묻히는 생생한 꿈을 꿨대. 꿈을 꾸고 나서 남자는 전 부인에게 전화했는데 받지 않더라는 거야. 집에도 찾아가 봤지만 아무도 없었고. 남자는 차를 타고 꿈에서 봤던 곳을 찾아다니기 시작해. 한참을 돌아다니다가 꿈에서 봤던, 살인자가 부인과 딸을 파묻던 뒷마당과 매우 똑같이 생긴 장소를 발견하고 정신없이 땅을 팠대. 얼마쯤 파 내려가다 보니 정말로 알 수 없는 자루 같은 게 보이는 거야. 남자는 바로 경찰에 신고했고 도착한 경찰이 뒷마당에서 깊이 파묻혀있던 여러 개의 자루를 발견했는데 놀랍게도 그 자루에 있던 것은 얼마 전에 실종되었던 캐롤라인이라는 30대 초반의 여성과 그녀의 친구였던 펫 그레이라는 여성의 토막 난 시신이었어. 이미 가족들이 실종신고를 한 상태였고 경찰은 그녀들의 행방에 대해 전혀 단서를 잡지 못하고 있었어. 사건은 미궁 속에 빠져있었는데 전혀 관계없는 남자가 엉뚱한 장소에서 그녀들의 시신을 찾아낸 거야. 경찰에게 그는 단지 꿈에서 그 장소를 봤고 거기에 자신의 아내와 딸이 묻혀있다고만 얘기했대. 경찰은 그 말을 믿지 않았고 남자를 수상하게 여겼지만 결과적으로는 그 사람 덕분에 실종사건이 해결되었고 그녀들을 죽였던 살인범도 붙잡게 되었다는 거야.

　안은 거기까지 얘기하고 잠시 호흡을 가다듬었다.

　그리고 경찰 조사에 따르면 캐롤라인은 임신한 상태였대.

　뭐라고 대답하면 좋을지 몰라 안의 다음 말을 기다렸다. 사실 나는 지금의 상황이 현실인지 의심하고 있었다. 안은 도저히 서른이

넘은 여자로 보이지 않았다. 아까는 이 정도까진 아니었던 것 같은데 지금 안은 고등학생 정도로밖엔 보이지 않았고 겉모습뿐만 아니라 말을 할 때마다 덮여있던 껍질이 한 겹씩 벗겨져 나가듯 목소리도 점점 앳되어지는 것 같았다. 나는 입에서 냄새가 날까 봐 콘솔 박스에 있는 뜯지 않은 자일리톨 껌을 보고 손을 뻗었지만 아무것도 만져지지 않았다. 분명 실체가 있었지만 손을 뻗으면 거기엔 아무것도 없었다. 몇 번이나 이 짓을 반복하면서도 눈으로 보고 있는 것을 믿을 수 없었다.

　기억이 잘 안 나는 부분도 있지만 대충 그런 내용이었어. 그런 꿈을 꾸면 너는 어떻게 할 거야?

　안은 내가 하고 있는 우스꽝스러운 짓거리에 대해서는 신경도 쓰지 않고 물었다.

　글쎄. 그런 생생한 꿈은 별로 꿔본 적이 없어서 잘 모르겠어. 그렇지만 나라도 연락을 해보고 찾아다니지 않을까 싶어. 그런 꿈이라면.

　그렇겠지? 아무래도 걱정이 될 테니까.

　평소 스릴러 영화를 싫어하고 추리소설 같은 것도 좋아하지 않았던 안이 언제부터 그런 잡지에 관심을 갖게 되었는지 묻고 싶었지만 묻는다고 해서 그녀가 정말 하고 싶은 말이 뭔지 알 수 있을 것 같진 않았다.

　부인이랑 딸은 어떻게 됐어?

　응?

　남자가 찾으러 다녔던 부인이랑 딸 말이야. 결국 찾았어?

어둠보다 큰,

아. 글쎄. 잘 모르겠는데. 그건 그렇게 중요한 게 아니었으니까.
그래? 그럼 중요한 건 뭔데?
내가 물었다.
음. 여기서 중요한 건 완전범죄는 존재하지 않는다는 거?
으흠.

안의 이야기는 거기서 더 이어지지 않았고 나는 어중간하게 끝나버린 이야기 속 남자에 대해 생각해보았다. 남자는 어떻게 되었을까. 끝내 자신의 전 부인과 딸을 찾지 못한다면 남자의 삶은 어떻게 되는 것일까. 그들은 어디로 간 것일까. 어쩌면 남자의 전 부인과 딸은 이미 오래전에 죽은 것인지도 모른다. 남자는 사실을 부정하고 있는 것이다. 어딘가에 자신의 전 부인과 딸이 살아있다고 생각하며 그렇게 믿고 있는 것이다. 그런 착각 속에 살며 계속 생생한 꿈을 꾼다. 전 부인과 딸이 나오는 꿈이다. 죄책감 때문일지도 모른다. 그렇다면 그것은 어떤 종류의 죄책감일까. 안의 SM7은 금세 나를 집 앞에 데려다 놓았다. 안은 차에서 내리지 않았고 그녀의 말대로 정말 한 시간도 채 걸리지 않았다. 나는 운전대를 잡고 있는 안을 바라보았다. 말을 하고 싶었는데 어떤 말을 하면 좋을지 알 수가 없었다. 이제는 어디로 가냐고, 내가 물었다. 안은 내가 있었던 곳으로 가야지, 라고 대답했다.

곧 돌아올게. 창문을 통해 그렇게 말하고 안은 갔다. 정말 그렇게 말한 것인지 모르겠지만 나는 그렇게 들었다. 전에도 그렇게 말한 적이 있는데 안은 기억하고 있을까. 지금은 잘 설명할 수 없어. 조금만 시간이 지나면 모든 걸 너에게 설명할 수 있을 거야. 그때가 되면 우리는 오랫동안 마주 앉아 대화할 수 있을 거야. 그렇지만 그 시간은 아직 오지 않았고 나는 여전히 아무것도 알지 못한 채 바로 집으로 돌아갈 마음이 들지 않아 동네를 돌아다녔다. 가로수 밑의 토사물 때문인지 보도에서 시큼한 냄새가 났다. 따뜻한 커피를 마시고 싶었는데 이 시간에는 마실 수 있는 곳이 없었다. 지금까지 불이 켜져 있는 곳이라곤 역 근처의 버거킹뿐이었고 나는 잠시 그 앞에 서서 안을 들여다보았다. 매장에는 아무도 없었고 직원 두 명만 보였다. 남자 직원은 카운터 옆 테이블 위에 모자를 벗어 놓은 채 졸고 있는 것 같았다. 반대편 테이블에는 여자 직원이 앉아있었는데 그녀는 천 피스 퍼즐만큼 거대한 피자를 천천히 먹고 있었다. 마치 자기 앞에 놓여 있는 피자 조각들을 먹어치우는 것이 업무의 일환이라도 되는 양 사무적인 태도였다. 그 모습을 한참 동안 쳐다보았다. 30분 정도 걷고 나서야 집에 들어갈 수 있었다. 잠이 오진 않았지만 눈을 감았다. 그리고 나는 그녀가 오기 전 꾸었던 꿈에 대해 생각해 보았다.

다시 눈을 뜬 것은 아침 10시가 넘어서였다. 토요일 아침이었기 때문에 더 늦장을 부려도 상관없었지만 누워있고 싶은 마음이 들지 않았고 확인하고 싶은 것이 있었다. 56번 버스를 타고 새벽에 그녀와 갔던 대학교 앞에서 내렸다. 등산로까지 걸어갔는데 입구는 무슨 이유 때문인지 폐쇄되어 있었다. 분명 그녀와 이 입구를 통과해 산에 올라갔었는데 지금은 진입 금지라고 쓰인 팻말이 깊게 박혀 있어서 들어가는 것이 불가능해 보였다. 새벽에는 보지 못했던 것

어둠보다 큰,

이었다. 여기 있어. 내가 찾고 싶은 것들. 내 발밑에 많은 것들이 묻혀있어. 나는 잠시 이 길 말고 다른 길로 산에 올라갈 수 없을까 살펴보다가 포기하고는 대학교 정문 쪽으로 내려왔다. 벚꽃이 만개해 있었고 나무가 줄지어 서 있는 길을 따라 걷다 보니 형설관이라는 건물이 나왔다. 그 옆에는 건물을 새로 짓고 있는지 깊게 땅이 파여 있었고 붉은 벽돌들이 쌓여있었다. 잠시 앉아 쉴만한 곳을 찾아 돌아다녔지만 눈에 띄는 곳이 없었다. 결국 학교 후문까지 걸어서 근처 카페에 들어갔다. 안에는 아무도 없었고 군인처럼 머리를 짧게 깎고 턱수염을 멋지게 기른 남자가 홀로 좁은 주방에서 컵을 씻고 있었는데 이제 막 가게 문을 연 것 같았다. 남자는 저음의 목소리로 인사를 건네고는 메뉴판을 주었다. 나는 오늘의 핸드드립을 주문하고 카페를 둘러보았다. 테이블이 6개뿐인 아담한 카페였다. 주인의 취향이 느껴질 만한 장식이나 물건들이 전혀 없었고 심지어 음악도 없었는데 나는 그것이 마음에 들었다. 어디서 나왔는지 먀오, 하며 고양이 한 마리가 테이블 밑으로 지나갔다. 윤기가 흐르는 갈색 털의 작은 고양이였다. 나는 테이블 밑으로 발을 까딱거려보았다. 그러자 고양이는 내 쪽으로 다가와서 신발에 조그마한 머리를 부벼댔다. 고양이는 머리를 쓰다듬어도 도망가지 않고 미야옹거렸다. 사람을 무서워하지 않는 것 같았다. 손에 부드러운 온기가 느껴지자 마음이 편안해졌다. 남자가 이름을 부르자 고양이는 잠시 뭔가 생각하는 듯 나를 바라보다가 슬그머니 다른 테이블 밑으로 사라졌다. 고양이 이름은 미로인지 이로인지 그랬다. 그렇게 들렸다. 곧 남자가 자리로 커피를 가져다주었고 내가 대학교 쪽의 등산로가 왜 막혀 있는지, 혹시 다른 길은 없는지 묻자 그는 잠시 생각하더니 그곳에서 전에 사고가 있었다고 했다. 어떤 젊은 여자가 등산로에서 추락사한 일이 있어서 위험하다고 아마 막아놨을 거예요. 그전에도 사고가 잦았나 봐요. 벌써 일 년 정도 된 것 같은데 별다른 조치 없이 계속 임시로 막아놓고만 있네요. 남자는 그 이상은 잘 모르는 것 같았고 나는 말해줘서 고맙다고 했다. 남자가 가져다준 탄자니아 AA에서는 대지의 맛이 났다. 땅을 갈아 마신다면 이런 느낌일까. 커피를 한 모금 마시자 허기가 가라앉고 충만해지는 느낌이 들었다. 안이 더 이상 커피를 마시지 않겠다고 했을 때 이유를 물었지만 그녀는 그저 커피는 이제 내 몸에 잘 맞지 않는 것 같아, 라고만 대답했다. 하루에도 몇 잔씩 커피를 마시던 안이 왜 갑자기 커피가 몸에 잘 안 맞는다고 느꼈는지 알 수 없었지만 그것이 커피의 문제가 아니라는 것은 알 수 있었다. 안이 마시지 않기로 한 것은 커피뿐만이 아니었다. 안은 고양이와 살기를 원했고 길고양이들을 그냥 지나치지 못했다. 하지만 커피를 마시지 않기로 한 이후 안은 고양이도 피했고 어떤 접촉도 불쾌해했다. 그것을 단순히 불쾌, 라고 말할 수 있을지 모르겠다. 악수를 하는 것도, 포옹을 하는 것도 거부했고 견디지 못하게 되었다. 도시에서의 생활이 안의 몸에 잘 맞지 않게 되었다. 그건 도시의 문제가 아니야. 안이 말했다. 안의 몸에 맞지 않는 것들이 점점 늘어나고 있었고 거기에는 나도 포함되어 있었다. 나랑 가까이 있으면 옮을 수도 있어. 뭐가. 그냥 내가. 안이 말했다. 그게 무슨 뜻인지 물었지만 안은 대답하지 못했다. 안은 이미 나의 납득과는 멀어지고 있었다. 안이 처한 상황에 관해 내가 떠올릴 수 있는 모든 것들을 얘기해보았지만 안은 아니라고만 했다. 생각해보면 그때부터 안은 쫓기고 있었다. 내가 알지 못하는 무언가로부터, 설명할 수 없는 무언가로부터. 탄자니아를 삼키며 마지막으로 안과 마셨던 커피를 기억해냈다. 경의선 책거리 근처를 산책하다가 전에도 몇 번 갔던 카페에 들러 예멘 모카를 마셨었다. 예멘 모카는 다른 커피보다 비쌌고 안은 오늘 내 생일이니 커피를 사주겠다고 했다. 커피를 기다리는 동안 안은 가게 안을 두리번거렸고 나는 아무것도 하지 않았다. 여기 변했어. 안이 말했다. 그런가. 가게를 둘러보았지만 딱히 뭔가 변했다는 인상을 받지 못했다. 주인이 변했잖아. 안은 그것이 함부로 얘기해선 안 되는 말인 것처럼 속삭였다. 카운터 쪽을 쳐다보았는데 원래 주인이 어떤 사람이었는지 잘 생각나지 않았고 사실 남자였는지 여자였는지, 나이가 많은 사람이었는지 젊은 사람이었는지도 기억나지 않았다. 잘 모르겠는데. 주인이 바뀌면 모든 게 바뀌는 거야. 안은 내가 마시고 있는 예멘 모카를 한 모금 마셔보곤 안타까운 듯 고개를 저었다. 나는 변화에 대해 물었다. 안은 가끔 겉으로는 아무것도 변한 게 없는 듯 보여도 사실 모든 것이 변했음을 느낀다고 했다. 가끔이 아니라 사실 꽤 자주 느껴. 느껴져. 공기가 변했다고밖엔 설명할 수 없고 그런 변화가 너무 싫어. 아니 사실 변화가 싫다기보다는 그걸 느끼는 내가 싫어. 안이 느끼는 변화에 대해 알 순 없었지만 변화에 대해 얘기하는 안이 예전과 달라졌다는 것은 느낄 수 있었다. 안의 말처럼 정말 달라졌기 때문일까. 카페는 얼마 뒤 조용히 문을 닫았고 그날을 마지막으로 안은 더 이상 커피를 마시지 않았던 것 같다. 그날의 예멘 모카는 어땠는지 기억나지 않지만 탄자니아 AA의 맛은 그런 것들을 기억나게 했다.

남자는 카운터 옆 의자에 앉아 책을 읽고 있었다. 표지가 잘 보이지 않아 무슨 책을 읽는지는 알 수 없었다. 이로인지 미로인지는 옆 테이블 의자에 웅크리고 앉아 잠을 자는 듯했다. 카페 벽면의 작은 책장을 살펴보다가 안이 말했던 잡지 〈더 웬즈데이〉를 발견하곤 펼쳐보았다. 두 달 전 것이었는데도 출간된 지 몇 년은 된 것처럼 낡아 보였고 원래 두서가 없는 건지 내가 순서 없이 읽어서인지 도대체 무슨 종류의 잡지인지 모르겠다는 생각이 들었다. 혹시나 하고 찾아보았지만 안이 얘기했던 남자 얘기는 없었고 대신 이달에 새로 나온 책과 사드 배치에 대한 경제학 교수의 칼럼이 실려 있었다. 칼럼은 건너뛰고 자신의 영화에 출연했던 배우들을 살해한 한 영화감독의 이야기를 읽었다. 그는 데뷔작으로 선댄스 영화제에서 관객상을 받으며 주목받았던 젊은 감독으로 최근 두 번째 영화 촬영을 끝마쳤고 후반 작업을 하던 중 이런 일을 벌인 것으로 알려졌다. 그는 경찰 조사에서 자신은 배우가 아닌 영화를 죽인 것이며 영화가 자신을 이렇게 만들었다, 이것은 영화에 대한 나의 복수다, 라는 되지도 않는 소리를 해댔다. 문제는 살해당한 두 배우_{그들은 전에 영화를 찍은 적 없는 신인이었으며 극 중 부부 역할이었다}의 시신이 발견되지 않았다는 점이었는데 이 부분에 있어 가장 놀라워한 사람은 바로 감독 본인이었다. 이 사건으로 미국 영화계뿐만 아니라 전 세계 영화 팬들은 충격에 휩싸였으며 특히 국내엔 〈어둠의 길목〉이란 제목으로 소

어둠보다 큰,

개되었던 그의 첫 영화 〈Bigger Than Darkness〉(2014)에 대해 "이것은 전혀 새로운 초현실주의 필름 느와르다"라며 극찬을 아끼지 않았던 마틴 스콜세지는 이후 인터뷰에서 "영화가 현실을 박살 내버린 경우"라는 이상한 표현으로 참담한 마음을 표현하기도 했다.

〈어둠의 길목〉 후반부에 에디가 주인공을 기차선로에 묶어놓고 난데없이 프랑수아 비용의 시를 읊는 장면이 있다. 주인공인 데이비드는 마치 이것이 당연한 결과라는 듯이 저항도 하지 않고 죽기만을 기다리고 있는데 이 장면은 매우 이상하게 찍혀있다. 처음에는 묶여있는 데이비드와 에디의 모습을 평범하게 보여주다가 프랑수아 비용의 시를 읊는 순간부터 카메라가 천천히 뒤로 빠진다. 인물과 멀어질수록 그들의 말소리는 더욱더 가깝게 들리는데 그래서인지 그 장면은 더욱 비현실적으로 느껴진다. 에디가 말을 멈추었을 때 이미 카메라는 두 인물의 얼굴이 보이지 않을 만큼 멀리 떨어져있다. 에디는 자신의 손목시계를 내려다보곤 데이비드에게 말한다. 이제 20분 남았군. 정확한 시간이 되면 기차가 도착할 거고 그렇게 되면 그 정확함이 너를 죽일 거야. 영화는 언제나 제시간에 시작하는 법이지. 멀리 떨어져 있는 카메라는 마치 기차의 시점 같다. 감독은 왜 이런 식으로 찍었을까. 화면이 바뀌면 내레이션이 나온다. 그날 기차는 그곳을 지나가지 않았지만 데이비드는 죽었고 그의 시신은 산산이 조각 났다. 데이비드를 죽인 것이 무엇인지에 대해 영화는 설명해주지 않으며 그럴 생각도 없어 보인다. 우리가 알 수 있는 것은 도착하지 않은 기차가 그를 박살 냈다는 것이다. 그러면서 필자는 기차와 영화에 대해 초기 영화역사와 관련지어 설명하고 있다. 흔히 뤼미에르 형제가 입장료를 받고 파리의 그랑 카페에서 몇몇 기록 필름들을 소개한 것이 최초의 영화 상영으로 알려져 있으며 그중 기차가 플랫폼으로 들어오는 모습을 찍은 〈기차의 도착〉을 보곤 관객들이 실제 기차가 오는 줄 알고 밖으로 뛰쳐나갔다는 얘기는 정말 그랬는지 아닌지 알 수는 없으나 널리 알려진 에피소드이다. 그러니까 그들은 극장에서 영화를 본 것이 아니라 기차를 본 것이다. 이젠 아무도, 도착하지도 않은 기차 때문에 극장 밖으로 뛰쳐나가지 않으며 어지간한 장면으론 꿈쩍도 하지 않는다. 미국에서 〈어둠의 길목〉이 개봉하고 얼마 지나지 않아 했던 인터뷰에서 앞으로 어떤 영화를 만들고 싶으냐는 질문에 감독은 "영화를 보고 관객들이 정신적으로나 물리적으로 뛰쳐나갔으면 좋겠다. 그런 영화를 만들고 싶다"고 말했다. 그러니까 감독은 관객들이 극장에서 영화를 보기보단 기차를 보길 원한 것이다.

기차와 영화의 공통점. 장 클로드 카리에르는 『영화, 그 비밀의 언어』 서문에 "나는 영화의 일정 부분만 선택해 볼 수도 있고 도중에 극장을 나와 버릴 수도 있으며, 아니면 그대로 앉아 같은 영화를 두 번 볼 수도 있다. 하지만 어쨌든 나는 내 곁에 앉아 있는 다른 사람들보다 더 느린 속도로 영화를 볼 수는 없다. 우리는 똑같은 기차를 타고 여행하고 있는 셈이다", 라고 썼다. 필자는 카리에르의 말을 인용하며 속도와 방향성에 대해 이야기하다가 영화는 언제나 어둠보다 커야 한다. 그렇지 않다면 영화를 보러 갈 이유가 없다. 기차 안의 좌석을 연결하고 양옆의 창문을 정면에 모아서 붙여놓는다면 영화관과 다를 바가 없어질 것이다, 라는 식으로 글을 마무리하고 있었는데 나는 이게 도무지 무슨 소린지 알 수가 없었고 다른 건 몰라도 안이 더 이상 영화를 보지 않기로 한 것은 좋은 선택이었다는 생각이 들었다. 얼마 전 첫 시집을 낸 시인의 인터뷰까지 다 읽고는 피곤해져서 잡지를 덮고 식어버린 탄자니아 AA를 한 모금 마셨을 때 나는 지금 기차 안에 있다는 사실을 깨달았다. 기차 안에는 나와 이어폰을 낀 채 고개를 숙이고 있는 여자밖에 없었다. 이로인지 미로인지 고양이와 알 수 없는 책을 읽던 남자를 찾아보았지만 그들의 모습은 이미 사라지고 없었다. 어딘지 알 수 없는 역에 멈춰 서 있는 기차 안에서 아무리 주변을 둘러보아도 어떻게 여기까지 오게 되었는지 기억나지 않았고 그렇다면 이것은 기억의 문제가 아닐지도 몰라. 이건 직감의 문제야, 라고 생각했다. 직감적으로 몇 가지 가능성을 떠올렸다. 더 웬즈데인지 뭔지 하는 개떡 같은 잡지가 나를 이곳으로 데려왔을까. 아니면 나는 그저 잠시 잠을 자고 있는 걸까. 그보단 아까부터 양이 줄지 않는 듯한 탄자니아 AA가 나를 여기에 데려다 놓았을 거라는 추측이 더욱 설득력 있게 느껴졌다. 다시 더 웬즈데이를 펼쳤다. 시인의 인터뷰 중 아까는 보지 못했던 부분이 눈에 들어왔다. 저는 악몽을 자주 꿉니다. 저에게 악몽은 하나의 태도입니다. 아무리 기다려도 오지 않는 것들도 있잖아요. 그렇지만 기다리지 않아도 악몽은 항상 오거든요. 그 사실이 위안이 될 때가 있어요. 견디기 어렵고 끔찍한 악몽이 삶의 동력이 되기도 한다는 사실이 가끔은 이상하게 느껴지지만 한편으로는 당연하다는 생각이 들기도 합니다. 잡지를 덮고 다시 주변을 둘러보았다. 나는 여전히 기차 안에 있었고 변화가 있다면 이어폰을 낀 여자의 모습이 보이지 않는다는 것뿐이었다. 그것에 대해 몇 가지 가능성을 생각해보기도 전에 여자는 자리로 돌아왔다. 돌아온 여자의 손에는 거대한 피자박스가 들려있었는데 어째서인지 나는 그 사실이 매우 놀랍게 느껴졌고 피자박스 안에 정말 피자가 들어있을까, 다른 것이 들어있다면 뭐가 들어있을까 궁금해져 여자에게서 시선을 떼지 않았다. 피자박스 안에는 피자가 들어있었다. 여자는 파마산 치즈가루와 핫소스를 골고루 뿌리고 피클이 든 작은 병을 꺼냈다. 잠시 후 여자는 자리에서 일어나 내 쪽으로 걸어왔다. 여자는 작은 병을 내밀며 미안하지만 뚜껑을 열어줄 수 있겠느냐고 부탁했다. 단단하게 잠긴 뚜껑을 열자 여자는 고맙다고 했다. 나는 여기가 어디인지 물었는데 그녀도 모르는 것 같았다. 이 안에 피자를 파는 곳이 있나요? 아뇨. 배달시켰어요. 여기로 배달이 가능한가요? 그럼요. 온걸요. 여자는 피자를 좋아한다고 했다. 기다려도 오지 않는 것들이 있는데 피자는 주문하면 정말 오잖아요. 피자가 와줬으면 좋겠다, 싶어서 시키면 정말 와요. 그게 너무 좋아요. 여자는 정말 즐거운 듯 양손을 벌린 채 마치 손으로 피자 모양을 만든 것 같았다 웃으며 말했다. 나도 덩달아 즐거워져 그럼요, 그렇죠, 하며 고개를 끄덕거렸다. 그런데 왜 아까부터 기차는 가지 않는 건가요? 저는 잘 몰라요. 언제나 상상보다는 기다림에 의존하거든요. 여자는 자리로 돌아가 피자를 먹기 시작했다. 기차와 피자의 공통점. 혹은 기차와 커피의 공통점. 나는 두서없이 그런 것들을 생각하며 마치 그들의 공통점을 찾아내면 기차가 출발할 가능성이 커질지도 모르겠다는 알 수 없는 믿음을 갖고 피자 먹는 여자를 흘끔흘끔 쳐다보며 줄지 않을 뿐 아니라 점점 짙어지고 있는 커피를 마셨다. 아무 데도 가지 않아도 괜찮아. 가기 위해 온 것도 아니잖아. 암흑을 마시고 있는 기분이네. 그런데 여자의 피자는 저렇게 줄어드는데 왜 내 커피는 줄지 않지? 다른 건 모르겠지만 이건 한번 생각해볼 만한 문제인 것 같았다.

-『두 번째 영향력』(2016.06. 발표)

어둠보다 큰,

그에게 이름은 그저 택시 같은 것이었다. (실제로도 그는 택시애호가였다.) 그는 이름 뒤에 숨었을 뿐만 아니라 평생을 카메라 뒤에 숨었다. 본인은 수만 장의 사진을 찍었음에도 누군가가 자신의 모습을 찍는 것은 절대 용납하지 않았는데 지금까지 그의 사진이 단 한 장도 남아있지 않은 걸 보면 이 부분에 대해서 아주 철저했음을 알 수 있다. 그 당시엔 카메라가 그렇게 많이 보급되어 있지 않았기에 망정이지 요즘처럼 모두가 핸드폰 카메라로 자신을, 혹은 서로를 찍어주는 모습을 보았다면 그는 아마 미쳐버렸을지도 모른다.

탈초점

은 그저 택시 같＊　　　　　　　는 택시애호가였다.) 그는 이름 뒤에
　평생을 ＊　　　　　　장의 사진을 찍었음에도 누군가＊
　　　　　　　　　의 사진이 단 한 장도 남아있지 ＊
　　　　　　　카메라가 그렇게 많이 보급＊

탈초점

 우체국 택배로 보낸 박스였다. 박스는 무겁지 않았지만 한 손으로 들긴 어려웠고 발신인의 이름은 없었지만 주소는 적혀있었다. 받는 사람에는 보라의 이름이 적혀있었다. 보라는 회기동에 아는 사람이 없으며 짐작 가는 것도 없다고 했다. 아까 통화했을 때와는 달리 차분한 목소리였다. 보라를 다시 만난 건 거의 3년 만의 일이었다. 나는 카페 폴루이트에 앉아 낡아빠진 브루노 빈터의 에세이집을 뒤적거리고 있었다. 아직도 여기 자주 오는구나, 보라는 마치 어제도 만났던 것처럼 태연하게 말을 걸었고 그래서였는지 나 역시 아무렇지도 않게 대꾸했다. 보라는 아메리카노를 시켜 내 앞에 앉더니 방금 서울극장에서 보고 온 영화에 대해 이야기하기 시작했다. 잠깐 얘기해도 괜찮을까, 라는 식의 양해를 구하는 일 따윈 없었고 그런 것이 예전과 너무도 똑같았다. 보라는 최근 대학로 근처로 이사를 했고 프리랜서로 생활하며 고양이 두 마리를 키우고 있다고 했다. 나는 모 포털 사이트에서 보라가 연재하고 있는 글과 사진을 꾸준히 보고 있었지만 딱히 말하진 않았고 그저 곧 책이 나올 거라는 소식에 잘됐다고만 했다. 결국 하고 싶다고 했던 건 다 이뤘네. 전부터 보라는 서울로 이사를 하고 싶어 했고 꾸준히 글을 쓰고 사진을 찍어 돈을 벌고 싶어 했으며 언젠가 고양이를 기르고 싶다고 했다. 보라는 고개를 끄덕거리고는 내가 읽던 책의 제목을 보려 했다. 나는 책표지를 보라에게 보여주며 방금 읽던 대목을 읽어주었다.

나는 이해하지 않기 위해 찍는다. 찍혀지는 것들을 거부한다. 그럼에도 끊임없이 찍다보면 찍혀질 수 없는 것들이 포착되곤 하는데 그 순간을 기다리는 것이다. 뭔가를 이해하고 있다는 느낌이 들 땐 셔터를 누르지 않는다. 내가 철저히 외부에 있다는 느낌이 들어야 한다. 이것은 사진에 대한 이야기만은 아니다. 우리는 이해할 수 있는 것이 없다. 우선 그것을 인정해야한다.

보라는 브루노 빈터가 누군지 모르겠다고 했다. 그리고는 원래 자기가 사는 아파트가 보증금 2500에 50인데 이런저런 사정으로 1500에 50으로 들어가게 되었으며 방이 세 개고 볕이 잘 안 드는 편이지만 조용해서 좋다고 했다. 언제 한번 놀러와. 혜화역에서 가까우니까. 나는 아마 그럴 일은 없을 거라고 생각하면서도 알겠다고 대답했다. 그게 벌써 열흘 전쯤의 일이었고 그 이후로도 보라는 두 번쯤 내게 문자를 했지만 나는 의례적인 답장만 하고 그녀를 다시 만나진 않았는데 어쩌다 보니 이곳에 오게 되었다. 처음엔 받지 않았으나 두 번째 전화가 걸려왔을 땐 받지 않을 수 없었다. 보라의 목소리는 조금 다급하게 들렸다. 내용인즉 며칠 전, 알 수 없는 택배가 자기 앞으로 왔고 이런 걸 시킨 기억이 없기에 그냥 거실에 방치해 두었는데 갑자기 오늘 박스에서 이상한 소리가 들린다고 했다. 잘 설명할 수 없는 소리인데 뜯어보기도 그렇고 왠지 무섭기도 하다는 것이었다. 근처에 있으면 잠깐 와줄 수 있어?

보라의 집에 갔을 때, 어째서인지 나는 차연을 떠올렸다. 보라는 박스 얘긴 하지도 않고 내게 밥은 먹었냐며 빵을 주거나, 그라인더나 드리퍼는 있는데 원두가 얼마 없어서 미안하다거나, 고양이들이 얼마나 예쁜지에 대해 한참을 설명했다. 캐논과 제논이라는 이름이었는데 나는 몇 번을 봐도 누가 제논이고 누가 캐논인지 알 수가 없었다. 보라는 이 집이 다 좋은데 어제부터 갑자기 물이 잘 안 나온다며 나를 화장실로 데려가 변기 물을 내리거나 샤워기를 틀어 보였는데 나는 수도관을 열심히 들여다보는 척하다가 왜 그런지 잘 모르겠다고 말했다. 생각해보면 많은 것들이 그런 식이었다. 본다고 해서 아무것도 달라질 게 없다는 걸 잘 알면서도 종종 뭔가를 보여주며 내가 모르겠다고 말할 때까지 기다리곤 했다. 어쩌면 그런 것들이 보라에겐 중요한지도 모르겠다는 생각이 들었다. 보라는 납득할 수 없는 무언가가 있을 때도 그것을 설명한 다음 내 의견을 듣고 나서야 자신의 납득할 수 없음을 받아들이곤 했다.

한참 뒤에야 내가 박스 얘길 꺼내자 보라는 아 그거, 하며 별거 아니라는 듯 거실 구석을 가리켰다. 박스에선 아무 소리도 들리지 않았다. 아깐 정말 이상한 소리가 났어, 보라가 말했다. 나는 박스를 살짝 흔들어보기도 하고 두드려보기도 했지만 뭐가 들었는지는 짐작할 수 없었다. 뜯어볼까. 보라는 그럴 필요는 없을 것 같다고 했다. 잘못 온 택배를 함부로 뜯는 게 내키지 않는다는 것이었다. 그렇게 한동안 알 수 없는 박스를 바라보았다. 캐논이 어쩌면 제논이 박스 앞으로 다가가더니 앞발로 몇 번 툭툭 쳐보며 코를 대고 냄새를 맡았다. 알 수 없는 것은 박스뿐만이 아니었다. 나는 박스를 바라보고 있는 보라를 보았다. 전에도 보라를 보고 있으면 그녀가 도무지 무슨 생각을 하고 있는지 알 수 없다는 느낌이 자주 들었다. 그런 느낌이 쌓이다 보니 할 수 없는 말들이 많아졌고 그것은 보라도 마찬가지였을 것이다. 보라는 내게 의지하면서도 때때로 나를 방치했고 나에 대해 알고 싶어 하면서도 내가 하고 있는 일엔 무관심했다. 내가 벽에 붙어 있는 사진들을 보는 동안 캐논은 어딘가로 사라져 보이지 않았다. 사진 속 보라는 지금 내 옆의 그녀보다 더욱 생생하게 느껴졌는데 아마 찍은 사람 때문이 아닐까 하는 생각이 들었다. 이건 누가 찍은 거냐고 묻기도 전에 보라는 나를 돌아보며 갑자기 간밤에 꾼 꿈 얘기를 들려주었다. 우리는 여행을 갔는데 어딘지는 알 수 없었으나 바다가 보이는 곳이었다고 했다. 보라는 얼마 전에 친구와 강릉에 갔던 게 반영된 것 같다고 했지만 정작 바다는 보지 못한 채 돌아왔다고 했다. 그럼 뭘 했느냐고 내가 묻자 보라는 그저 방에 있었다고 답했다. 그래도 바다 소리는 들을 수 있었어. 보라가 말했다.

꿈 속 보라는 밖에 나간 나를 기다리고 있었는데 시간이 지날수록 불안해졌고 연락을 해보려다가 내가 두고 간 핸드폰을 보았다. 별 생각 없이 핸드폰 사진첩에 저장되어있는 동영상을 재생했는데 거기엔 숲속을 걷고 있는 내 모습이 찍혀있었고 화면 속 나는 산책하고 있기보다는 같은 곳을 맴돌고 있는 것처럼 보였다. 화면을 자세히 보니 거기에는 누군가의 기념비 같은 것이 세워져 있었고 마치 재단처럼 보였는데 그렇게 생각하니 어떤 의식을 치르고 있는 것처럼 느껴졌지만 영상 속의 나는 무척 즐거워 보였다고 했다. 그러다 나의 모습을 숨어서 엿보고 있는 어떤 여자의 뒷모습이 잡혔다. 여자는 카메라를 들고 내 모습을 찍고 있었고 영상 속의 나는 그것을 아는지 모르는지 여전히 즐거운 모습으로 재단 주변을 걷고 있었는데 그걸 보고 있으니 보라는 어째선지 서글퍼졌다고 했다. 그리고는 네가 돌아왔어. 보라는 보던 영상을 종료하고 아무 일도 없었다는 듯이 핸드폰을 제자리에 돌려놓았다. 그렇지만 돌아온 건 네가 아니었어. 그럼 누군데. 누군지는 나도 몰라. 모르는 사람이었어. 그런데 꿈에서 그건 너였고 너라고 생각했어. 어떤 느낌인지 알지. 알 것 같다고 내가 말했다. 돌아온 나는 어땠는지 묻자 보라는 잠시 생각하더니 잘 기억이 나지 않는다고 했지만 무슨 봉투를 가지고 왔던 건 기억난다고 했다. 그게 뭐였는데. 그게 뭐였을까. 나도 궁금해서 저게 뭘까, 보고 있었는데 봉투에서 어떤 소리가 들렸어. 사실 그건 봉투에서 나는 소리가 아니었지만. 눈을 떠보니까 거실에 있던 박스에서 소리가 나고 있었어. 일어나서 천천히 생각해보니 꿈에서 본 영상 속의 여자는 나였어. 그렇다면 너를 훔쳐보면서 카메라를 들고 있던 나를 찍고 있었던 건 누구였을까. 그리고 그 영상은 왜 네 핸드폰에 저장되어 있었을까.

그 애길 들으니 브루노 빈터가 생각난다고 내가 말했다. 보라는 브루노 빈터가 누군지 모르겠다고 했다가 그러고 보니 저번에 들어본 이름 같다고 말했다. 나는 브루노 빈터에 대해 말했지만 사실 차연에 대해 생각했다. 나는 프레임을 문이라고 생각한다. 그 문을 열고 들어갈 뿐이다. 브루노 빈터는 그렇게 말했다. 차연은 영화를 찍고 싶어 했지만 곧 자신이 찍고 싶은 것이 영화가 아님을 알았고 인물이 등장하는 영상은 찍고 싶지 않았으나 그저 배경처럼 존재하는 건 상관없다고 했다. 제대로 설명하기는 어렵다고 했지만 나는 대체로 납득할 수 있었다. 차연과 나는 같은 감독의 연출부로 만났고 일이 끝나자마자 둘 다 누가 먼저랄 것도 없이 다시는 연출부 같은 건 하고 싶지도 않고 영화 따윈 찍고 싶지도 않으며 뭐가 될지는 모르겠지만 다른 일을 하기로 결심했다. 그건 감독의 문제도 아니고 영화의 문제도 아니며 우리의 문제도 아니라고 차연과 나는 결론지었다. 다른 걸 하면 돼. 카페에 앉아 매번 그렇게 말했지만 차연과 나는 아무것도 하지 않았다. 대신 우리는 말을 했다. 말로는 차연도 나도 많은 것을 할 수 있었다. 나는 영상자료원에 취직하겠다고 했다. 영사기사가 되겠다고 했다가 영화제를 돌며 푸드트럭을 하겠다

탈초점

고 했다. 차연은 다른 것보다 내 푸드트럭 계획에 큰 관심을 보이며 마땅히 식사할 곳을 찾지 못해 되지도 않는 초코바 따위로 밥을 때우는 시네필들을 위해 저렴하면서도 간편하게 이동하며 먹을 수 있는 밥바가 어떻겠냐며 즉석에서 레시피를 줄줄 읊었고 밥버거보다 왜 밥바가 좋은지, 외국인 관객들은 어떻게 포섭하면 좋을지도 늘어놓았다. 차연의 계획은 매번 나를 앞서갔으며 우리의 말들은 언제나 시간을 앞서갔다. 차연은 로스팅을 배우겠다고 했다가 목공을 하고 싶다고 했고 영화 서적을 파는 책방을 열겠다고 했다. 그러다 얼마 후 차연으로부터 그림책을 주로 만드는 작은 출판사에서 일하게 되었다는 연락을 받았는데 축하 인사를 전한 지 6개월도 채 되지 않아 일을 그만두었으며 곧 이사할 거라는 소식을 들었다. 나는 딱히 이유를 묻진 않았으나 차연의 이사를 도우며 그간의 일들을 자연스레 알게 되었다. 짐은 많지 않았으나 혼자 들기 어려운 책장이나 수납장 같은 것들이 몇 개 있었다. 더 이상 보지 않는 책과 DVD 들은 거의 다 버렸다고 했지만 내가 볼 땐 아직도 꽤 많았고 책을 담은 박스 안에는 브루노 빈터의 에세이집이 다섯 권이나 있었는데 전부 낡고 색이 바래있었다. 왜 똑같은 책을 다섯 권이나 가지고 있는지 묻자 그녀는 그 책을 읽어보았는지 물었고 나는 브루노 빈터가 누군지 모르겠다고 했다. 돌이켜보면 그때부터 이미 차연은 다시 영화를 찍고 있었던 것 같다. 차연은 브루노 빈터에 대해 이야기해주었는데 대부분은 기억나지 않지만 그것이 그의 본명이 아니라는 것은 기억한다.

브루노 빈터는 수많은 이명을 썼다. 브루노 빈터라는 이름은 그나마 알려진 이명 중 하나일 뿐이며 그는 평생 자신의 이름에서 도망치기 위해 애썼다. 그는 사진 작업뿐만 아니라 시를 쓰기도 했고 초기에는 종종 영화촬영도 했다고 알려져 있지만 얼마 지나지 않아 단체작업을 혐오했을 뿐만 아니라 크레딧에 자신의 이름을 올리는 것을 거부하며 매번 다른 이름을 사용했기 때문에 정확한 필모그래피를 아는 사람은 아무도 없었다. 영상작업을 할 때는 미하일 카우프먼Mikhail Kaufman이라는 이름을 주로 썼다고 하지만 그 또한 불분명한 사실이었다. 그는 어떤 이름이 자신을 서서히 잠식하는 것 같다 싶으면 바로 다른 이름으로 갈아탔다. 그에게 이름은 그저 택시 같은 것이었다. 실제로도 그는 택시애호가였다. 그는 이름 뒤에 숨었을 뿐만 아니라 평생을 카메라 뒤에 숨었다. 본인은 수만 장의 사진을 찍었음에도 누군가가 자신의 모습을 찍는 것은 절대 용납하지 않았는데 지금까지 그의 사진이 단 한 장도 남아있지 않은 걸 보면 이 부분에 대해서 아주 철저했음을 알 수 있다. 그 당시엔 카메라가 그렇게 많이 보급되어있지 않았기에 망정이지 요즘처럼 모두가 핸드폰 카메라로 자신을, 혹은 서로를 찍어주는 모습을 보았다면 그는 아마 미쳐버렸을지도 모른다. 초기에는 인물사진도 찍었으나 시간이 지날수록 그는 사람을 찍는 것을 싫어했고 그러다 보니 인물이 철저하게 배제되어 있는 영상작업을 계속했다. 무엇보다 그는 모순에 가득 찬 인간이었고 차연이 브루노 빈터에게 사로잡혔던 것은 아마도 그런 이유 때문일 거라고 나는 생각했다. 한번 읽어볼래. 차연은 낡은 다섯 권의 책 중 한 권을 내밀며 물었지만 당시의 나는 영

탈초점

상이고 사진이고 다 싫었기 때문에 괜찮다고 거절했다. 그 이후로 차연은 연락도 거의 되지 않았고 간간히 소식을 들었지만, 만나지는 못했다. 가끔 새벽에 맥락도 알 수 없는 이상한 문자가 몇 번 오긴 했지만 그마저도 나중에는 오지 않았다. 그리고는 얼마 전, 우편함에 차연이 내게 보낸 서류봉투 하나가 꽂혀있는 것을 보았다. 편지를 기대하고 뜯어보았지만 거긴 낡아빠진 브루노 빈터의 에세이집 한 권만이 들어있었다. 나는 책을 펼쳐 꼼꼼히 들여다보았지만 차연이 그어놓은 밑줄과 메모밖에 발견하지 못했고 오랜만에 그녀에게 전화를 걸어보니 없는 번호라고 했다. 혹시나 하는 마음에 차연이 내게 보낸 주소로 짧은 편지를 썼지만 그마저도 며칠 뒤 수취인불명으로 반송되었다.

유튜브로도 볼 수 있는 브루노 빈터의 짧은 영상 〈카메라처럼 바라보기, 카메라들〉은 여러 대의 카메라와 거울을 가져다놓고 각자의 위치에서 찍은 카메라의 모습들을 보여준다. 방처럼 보이는 내부를 촬영하고 있는 카메라의 모습을 다른 카메라가 촬영하고 있고 그 카메라를 또 다른 카메라가 찍고 있는데 보다 보면 어떤 카메라가 무엇을 찍고 있는지 대상과 주체가 모호해진다. 그러다 갑자기 누가 권총이라도 쏜 것처럼 카메라 하나가 박살 나고 그 모습을 다른 카메라들이 다양한 각도에서 보여준다. 그러다 박살 나는 모습을 촬영하던 카메라도 박살 나고 그 모습을 촬영하고 있던 다른 카메라도 굉음과 함께 사라진다. 거울을 통해 우리는 그 모습을 보게 되지만 나중에는 거울도 산산조각나고 맨 마지막엔 그 모든 장면을 찍고 있는 카메라를 향해 누군가 방아쇠를 당김과 동시에 화면이 깨지며 영상은 끝난다. 그 마지막 장면은 마치 우리의 눈을 향해 방아쇠를 당기는 것처럼 느껴진다. 작업일지에 브루노 빈터는 오로지 카메라를 다 부숴버리겠다는 생각으로 이 촬영을 진행했다고 썼다. 카메라를 박살 내는 모습을 보여줄 수 있는 것도 카메라라면 그걸 보고 있는 우리의 시선도 박살 나야 한다. 그래야 우리의 시각은 다시 태어날 수 있을 것, 이라고 브루노 빈터는 썼다.

 보라는 가만히 내 말을 듣다가 그 얘길 자신의 책에 써도 되겠냐고 물었다. 나는 고개를 끄덕거렸다. 내가 꾼 꿈 얘기를 써도 괜찮을까. 네 얘기가 나올 수도 있는데. 내가 꾼 꿈도 아니고 네 꿈인데 뭐. 나는 나에게 허락받을 이유가 없다고 했다. 보라는 나중에 책이 나오면 한 권 보내주겠다며 주소를 적어 달라 했지만 나는 직접 사서 보는 게 좋을 것 같다고 했다. 브루노 빈터의 영상을 볼 수 있는 링크를 알려준 뒤 이젠 가야 할 것 같다고 하자 보라는 시간도 늦었는데 여기 있다가 아침에 가도 괜찮다고 했다. 아마 지하철도 끊겼을 거라는 말에 나는 확인해보지도 않고 막차가 있을 거라고 했지만 확실히 늦은 시간이었다. 아무래도 가는 게 좋을 거 같다고 생각했다. 보라는 나를 보지도 않고 어떻게 갈 건데? 하고 물었다. 나는 대답하지 않았다. 보라는 대답을 기다리지 않고 그냥 여기 있어도 괜찮다고 덧붙였다. 제논이어쩌면 캐논이 내 발밑을 서성거렸다. 방금 들었어? 보라는 거실 구석을 가리켰고 나는 고개를 저었다. 우리는 잠시 아무 말도 하지 않았다. 나는 보라의 집을 다시 천천히 둘러보

탈초점

며 내가 지금 여기서 뭘 하고 있는 걸까 생각했다. 잠시 후 소리가 나는 쪽으로 고개를 돌렸다. 보라가 나를 쳐다보고 있었다. 나도 들었어. 내가 말했다.

보라의 택배를 받은 것은 그로부터 두 달이 지난 4월 초쯤이었다. 서류봉투에는 보라의 글씨로 내 이름과 주소가 적혀있었다. 그저 보라의 책이 출간되었나보다 반가워하다가 순간 주소를 가르쳐 준 적이 없는데 어떻게 알고 보냈을까 하는 생각이 들었다. 저녁이 되어서야 봉투를 뜯어보니 거기엔 최근 개정판이 나온 브루노 빈터의 에세이집 한 권이 들어있었다. 나는 전에 차연에게 받은 브루노 빈터의 에세이집을 꺼내 두 권을 비교해보았는데 표지가 바뀐 것 말고 크게 달라진 부분은 없는 것 같았고 그러다 전에는 눈여겨보지 않았던 차연의 메모를 보게 되었다. 모든 걸 볼 수 있다는 착각에서 벗어날 수 있다면. 카메라가 스크린을 깨부수는 망치가 될 수 있다면. 브루노 빈터에게 물어볼 것. 차연이 브루노 빈터의 전기영화를 만들겠다고 했을 때, 나는 당연히 그것이 농담이라고 생각했지만 지금은 그렇게 생각하지 않는다. 우리는 우리가 읽는 만큼 기억될 것이다. 차연의 메모를 한참 들여다보다가 보라가 택배를 잘못 보낸 것이 아닐까 하는 생각이 들었다. 그게 아니라면 그들이 원하는 건 나를 이 책 속에 가둬버리는 것일지도 모르겠다고 생각했다.

-『일곱 번째 영향력』(2017.10. 발표)

탈초점

아프리카는 미래의 일
– 작가의 말을 대신하여

　막막함. 이것은 우리의 숙명일까? 이런 건 질문도 아니고 독백도 아니며 일종의 후렴구 같은 것이다. 우리는 돌림노래처럼 답답함을 토로했고 그래봤자 아무것도 나아질 리 없었지만 나빠지는 것도 없을 거라 생각했다. 한 해의 마지막 날에도 우리는 그런 얘길 했고 김쟌은 메이 사튼May Sarton의 『혼자 산다는 것』을 읽다가 일희일비는 나 하나로 충분해! 하며 책을 집어 던졌다. 카페를 나와 을지로 쪽으로 걸었다. 유모차를 밀던 남자가 보신각이 어느 쪽인지 물었다. 우리는 그들과 반대 방향으로 갔고 헐린 건물 안에서 나온 줄무늬 고양이와 잠시 놀았다. 추워서 안녕, 했는데도 고양이는 잠시 우리를 따라오다가 다시 한번 안녕, 하자 더는 따라오지 않았다. 김쟌은 나중에 아프리카는 미래의 일, 이라는 가게를 하고 싶다고 했다. 미래가 없는 것들만이 지속될 수 있어. 상상력을 자극하는 장소가 좋아. 배치를 위한 배치는 싫어. 사람들은 다들 종각역 쪽으로 걸어가고 있었으며 우리는 미래와 반대 방향으로 간다! 라고 김쟌은 소리쳤다. 1월이 되자 몇 년 전부터 근간 예정이던 레몽 루셀Raymond Roussel의 『아프리카의 인상』이 번역되었고 얼마 뒤 1월 23일엔 요나스 메카스Jonas Mekas의 사망 소식을 들었다.

　기억의 불확실성은 불현듯 세계를 확장시킨다. 핸드폰 메모장에 그렇게 적어놓았는데 뭘 보고 쓴 것인지 기억나지 않는다. 여기 있는 글들은 대부분 왜 써놨는지 모르는 메모들로 시작되었고 그 당시 읽고 있던 책이나 영화, 전시 들과 트위터 혹은 종종 만나던 사람들거의 없지만로 구성되었는데 그때는 그렇게 썼지만 지금이라면 이렇게 쓰진 않았을 것이다.

「Test Pattern」의 25페이지 밑에서 셋째 줄의 문장은 정지돈의 「나는 카페 웨이터처럼 산다」에서 가져온 문장이며 「어둠보다 큰,」의 마지막 부분 피자 먹는 여자와의 대화는 문보영 시인과 김언 시인의 좌담 중 일부 내용을 조금 변형한 것이다. 「열두 번째 방」은 말놀이 프로젝트의 일환으로 쓴 것인데 끝까지 참여하진 못했지만 소설은 남았다. 「그러거나 말거나」의 내 글은 진실이다, 로 시작하는 금정연의 메모는 2016년 9월 14일 오한기가 쓴 일기 일부를 가져온 것이다.

인간을 이해하기 위해 인간과 멀어진다, 얼마 전 오한기 봇은 다음과 같은 트윗을 남겼는데 나는 여기에 인간이라는 단어 대신 영화를 넣을 수도 있고 문학을 넣을 수도 있을 거라 생각했다. 자신이 영화를 사랑한다고 거듭 고백해봐야 아무런 소용이 없으며 반대로 내가 영화에게 사랑받고 있는가? 영화들이 너를 지켜보고 있는가? 라고 물을 줄 알아야 한다고 세르주 다네Serge Daney는 말했다.
"나는 내가 왜 영화를 입양했는지를 안다. 그것은 영화가 그 보답으로 나를 입양해주기를 바라서였다."
나는 영화에 대해 생각하지 않고 문학에 대해선 더더욱 생각하지

우리는 우리가 읽는 만큼 기억될 것이다

않지만 오한기에 대해서는 가끔 생각한다.

장 뤽 고다르Jean-Luc Godard의 〈리어왕 King Lear〉(1987)에서 레닌그라드 혹은 시베리아에서 온 코친체프 교수는 자신이 발명한 것에 대해 이야기한다. 발명품의 이름은 이미지라고 붙였는데 적절한 이름인지 모르겠어요. '이미지'라고 부르긴 해도 진짜 이름은 현실이죠. 극 중 고다르는 말한다. 현실을 밀어내야 해. 조심해요. 받아들일 준비가 되어있지 않다면 거대한 진실은 우리를 죽일 수도 있어요. 뒤에서 찍은 영화. 현실이든 이미지든 우린 그걸 위해 싸웠어. 근데 이제 우린 결백하지 못해.

언젠가 고다르의 〈언어와의 작별 Goodbye to Language〉(2013)을 보러 국립현대미술관에 갔다가 오래전 같은 수업을 들었던 친구를 만나 근처 오설록에서 잠시 얘길 나눴다. 친구는 2년 전부터 미국에서 지내고 있으며 지금은 잠시 한국에 놀러 온 것이라 다음 주면 다시 뉴욕으로 돌아가야 한다고 했다. 안타깝게도 나는 친구의 이름이 전혀 기억나지 않았는데 그래도 대화는 할 수 있었다. 친구는 뉴욕에서 우연히 짐 자무시Jim Jarmusch를 세 번이나 마주쳤고 그와 함께 있던 사라 드라이버Sara Driver와 같이 담배를 피우며 얘기를 나눴다고 했다. 그는 저녁 때 공연이 있어서 연습을 하러 갔고 사라 드라이버는 자신이 준비 중인 뮤지션에 관한 다큐멘터리에 대해 얘기해주었다. 짐 자무시는 SQÜRL이라는 이름의 밴드를 하고 있었는데 내가 궁금해하자 친구는 유튜브로 음악과 영상을 보여주었다. 친구는 언제 뉴욕에 오면 같이 짐 자무시의 공연을 보러 가자고 했다. 얼마 뒤 혼자 노트북으로 〈리미츠 오브 컨트롤 The Limits Of Control〉(2009)을 다시 보다가 친구의 이름이 생각났다. 그녀는 짐 자무시의 농담이 좋다고 했고 나는 뉴욕에 갈 수 있을지 모르겠다고 했다. Use Your Imagination, 헤어지기 전에 그녀는 그렇게 말했다.

  짐 자무시는 어느 인터뷰에서 왜 할리우드의 손쉬운 자본과 함께 하지 않느냐는 질문에 형편없는 영화를 만들더라도 나만의 방식으로 형편없게 만들고 싶다고 말했다. 그날 나는 언어와의 작별을 보지 못했고 아직도 뉴욕에 가지 못했다. 어쩌면 그런 것들만이 나의 미래가 되었다. 나는 이제 미래에 대해 더는 생각하지 않고 현실에 대해서도 생각하지 않는다. 고다르의 언어와의 작별은 "상상력이 없는 이들은 현실로 도피한다"라는 문장으로 시작한다. 본 적이 없으니 아마 내 기억이 맞을 것이다.

2019년 2월
나일선

우리는 우리가 읽는 만큼 기억될 것이다

[영향력 실은 작가선]을 시작하며

『영향력』은 독립문학잡지입니다. 별명은 '키친테이블라이팅 계간문예지'입니다. '키친테이블라이팅'이란 '전업작가가 아닌 사람이 일과를 마치고 부엌식탁에 앉아 써 내려간 글'이라는 뜻으로 '키친테이블노블'에서 빌려와 만든 말입니다. 『영향력』을 만드는 우리 역시 낮에는 일하고 주로 밤에 글을 쓰고 책을 엮는 키친테이블라이터입니다.

누가 우리에게 자기 글을 보내올까, 누가 우리 책을 사서 읽어줄까, 우리는 얼마나 오랫동안 이 책을 만들 수 있을까, 그런 생각들을 하며 시작했는데 어느새 열 번이 넘는 계절을 통과하며 열 권의 잡지가 만들어졌습니다. 지금은 열한 번째를 준비하고 있습니다.

시작할 때의 고민과 지금의 고민이 크게 다르지 않은 상황이지만 3년 넘는 시간 동안 수백 명의 키친테이블라이터가 보내온 천 편이 넘는 문학작품을 읽는 특권을 누렸고, 작가 77명의 작품 287편을 『영향력』지면에서 소개할 수 있었습니다.

시작도 미미하고 현재도 미미합니다만, 활활 타오르는 큰불보다 꺼질 듯 꺼지지 않는 불씨야말로 우리가 지피고 싶은 것이라는 생각으로 계속해나가고 있습니다. 그리고 아마도 저희와 같은 마음으로 계속 쓰고 있을 작가들을 위해 단행본 시리즈를 출간합니다. 『영향력』이라는 잡지 덕분에 우리가 발견할 수 있었던 작가의 작품들을 책으로 엮어 소개하고자 합니다.

　문학전문 독립출판사 [밤의출항]이 띄우는 [영향력 실은 작가선] 첫 번째는, 나일선 소설집입니다. 2016년 6월에 출간한 두 번째 『영향력』을 시작으로 가장 꾸준히 투고하고, 가장 많은 소설을 실은 나일선 소설가를 첫 번째로 소개하게 되어 기쁘고 함께 읽을 수 있어서 설렙니다. 더 많은 분들이 나일선 소설가를 함께 발견해주시면 좋겠습니다.

2019년 3월
밤의출항

우리는 우리가 읽는 만큼 기억될 것이다

나일선
2016년부터 『더멀리』, 『영향력』, 『문학3』 등의 잡지에 소설을 실었다.

영향력 실은 작가선 01
우리는 우리가 읽는 만큼 기억될 것이다
ⓒ나일선 2019

초판발행　　2019년 4월 3일

지은이　　나일선
편집　　은미향 김정애
디자인　　정규아

펴낸곳　　밤의출항
출판등록　　2017년 6월 26일 제2017-000045호
연락처　　sail2nightbooks@gmail.com
ISBN　　979-11-961538-4-7

이 책의 판권은 지은이와 밤의출항에 있습니다.
이 책 내용의 전부 또는 일부를 재사용하려면 반드시 양측의 서면 동의를 받아야 합니다.